ハヤカワ文庫 SF
〈SF2264〉

宇宙英雄ローダン・シリーズ〈608〉

深淵の騎士たち

エルンスト・ヴルチェク
井口富美子訳

早川書房
8456

PERRY RHODAN
DER RUF DES STAHLHERRN
DREI RITTER DER TIEFE

by

Ernst Vlcek

Translated by
Fumiko Iguchi

First published 2020 in Japan by
HAYAKAWA PUBLISHING, INC.
This book is published in Japan by
arrangement with
PABEL-MOEWIG VERLAG KG
through JAPAN UNI AGENCY, INC., TOKYO.

目次

深淵の騎士たち

登場人物

アトラン……………………………アルコン人
ジェン・サリク……………………深淵の騎士
チュルチ……………………………スタルセンの住民
ウェレベル…………………………同。メイカテンダー
アル・ジェントフ…………………同。トロテーア人
テデフェ・ゾーク…………………同。アル・ジェントフの隷属民
イルロア……………………………同。メルッケ人。鋼の支配者の読唇係
エムサー……………………………同。ヴーラー。鋼の支配者の伝道者
ガーティン
モスカー } ………………………同。キルリア人。鋼の支配者の伝道者
カルフェシュ………………………ソルゴル人
テングリ・レトス＝
　　テラクドシャン………ケスドシャン・ドームの守護者

鋼の支配者の呼びかけ

エルンスト・ヴルチェク

1

「ゾーク、聞こえるか？……バッコ、見えるか？……鋼の兵士がくるぞ！」

アル・ジェントフがそういって立ちあがると、折り畳み式の寝椅子が音をたてて開いた。困惑して立ちつくす。寒さに震えるからだは、かんたんには温まらない。

拘留されてからほぼ三分の二深淵年が過ぎたのに、いまだ納得しきれない。運命に甘んじるつもりはないし、だいたい状況すらのみこめていないのだ。

あれほど用心していたのに、なぜ自分にあんなことが起こったのか。ほんのちいさな油断が、こんな結果を招いてしまった。

鋼の支配者がスタルセンの辺境地区で権力を握ってからというもの、アル・ジェントフはいつもびくびくしていた。いつか鋼の兵士に連れ去られるかもしれない、と。そのため、暗黒の時の前にはつねに用心をおこたらず、万全のそなえをしたもの。

すでにスタルセン供給機が一回めに暗くなったときから要塞を封鎖し、隷属民を使って周囲に〝生きた壁〟まで築いておいた。暗黒の時でもあたりを見通すことのできる隷属民も一名いる。レグネーゼ種族のバッコだ。

このやり方で、五回の暗黒の時をしのいできた。第三階級市民であるアル・ジェントフは自分の地区を所有しているが、そこはかれが軽蔑的に〝肥溜め〟と呼ぶ辺境地区と直接、境いを接している。スタルセンの都市外壁に沿って細長くのびた辺境地区の住民は、かれにとってはいわば〝生ごみ食らい〟だ。スタルセン供給機を使えず、再処理ずみの廃棄物を食べて暮らしているから。

アル・ジェントフは、自分の地区で鋼の兵士が成功する率は中心地区よりも低いと思いこんでいた。もしかしたらそれが油断と軽率な行動の原因だったのかもしれない。

もちろん、災《わざわ》いの根源はメーレポンからもらった薬物だ。暗黒の時がはじまる寸前なのだから、やめておくべきだった。だが、それだけが原因ではない。要因はさまざまだが、なかでも五深淵年ものあいだ、うまくやってこられたという油断があったのだろう。

それでも、これはただごとではないということが、アル・ジェントフにはのみこめていなかった。鋼の兵士に見逃してもらうためにはどうすればいいか、あれこれ思い悩んだすえにいい案をいくつか思いついたのだが、残念ながらあとの祭りだった。

*

すべては、中心部側の隣接地区を支配しているメーレポンを訪問したことからはじまった。メーレポンは、アル・ジェントフが辺境地区に対する盾になっていることがよほどうれしいらしく、いつも感謝を口にしては、年に二、三回、かれのために無礼講のパーティを催して自慢料理をふるまってくれる。

メーレポンは、服用すると第五階級市民の気分になれるという薬を知っていた。この〝階級興奮剤〟の成分を明かすことはなかったが、パーティのときはかならず、アル・ジェントフのぶんもスタルセン供給機から出してくれた。

最後にアル・ジェントフが階級があがった気分でハイになったのは、鋼の支配者が権力を握ってから六回めの暗黒の時の直前だった。興奮剤ほしさにメーレポンを訪ねたのだ。そこでは盛大なパーティが開かれていた。

暗黒の時が刻々と近づき、隷属民のゾークが帰宅しようとアル・ジェントフをせきたてた。だが薬で酩酊《めいてい》状態のかれは、第五階級だという噂の鋼の支配者と自分は充分に張り合えるくらい強いのだと思いこんでいた。

それをゾークがなんとか説き伏せ、都市搬送システムで帰宅することになる。その途中、アル・ジェントフは、きたるべき暗黒の時にそなえるため、スタルセン供給機で装備を新調しようと思いついた。

かれは近くのスタルセン供給機に立ちよった。光が消えて暗くなっており、暗黒の時がさしせまっていることがわかる。しかし、アル・ジェントフが余裕たっぷりだったので、隷属民二名も、暗くなったのが二回めであることをわざわざ忠告しなかった。

だが、それは明らかな見こみ違いだった。スタルセン供給機が自分の要望に反応しないとわかって、アル・ジェントフの酔いが急にさめたのだ。

「さっさと武器をよこせ!」必死で叫ぶかれから、自分が第五階級市民であるという思いこみはきれいさっぱり消えていた。「鋼の兵士から身を守れるようにしなければ!」

けれども、スタルセン供給機は暗いままだ。

それからすぐに、スタルセンを暗黒の時がおおいつくした。これでまた、一深淵年が暮れたのだ。アル・ジェントフは無防備なまま、真っ暗な外の路上に立っていた。都市搬送システムで逃げることもできず、市民防御システムの保護も、武器もない。わきをかためるのは二名の隷属民だけだ。

「ゾーク、バッコ、わたしからはなれるな!」

隷属民たちの速い呼吸と、暗闇のなかを進む足音が聞こえた。過去五回の暗黒の時のあいだ、鋼の兵士の脅威を感じたアル・ジェントフは聴覚を研《と》ぎ澄ましておいたのだ。暗闇のなかで信頼できる唯一の感覚だから。

音を聞きつけた。

「バッコ、なにが見える？」

だが、レグネーゼの報告を受ける前に、アル・ジェントフは鋼の兵士が近よってくる音を聞きつけた。

「ゾーク、聞こえるか？……バッコ、見えるか？……鋼の兵士がくるぞ！」

どちらの隷属民からも返答はなかった。一戦を交える音どころか、息の音さえ聞こえない。あとでわかったのだが、聞こえたのは隷属民二名が遠ざかる足音だったのだ！たよりにしていた二名に置き去りにされ、アル・ジェントフはひとりぼっちになった。

やみくもにあらぬ方向へ逃げだし、障害物にぶつかった。顔に電撃を受け、防御のためにあげた触手が、自分の顔の高さのところで鋼の兵士の輪郭に触れる。

最初、自分の触手の半分ぐらいしか高さのない鋼製ロボットがなぜ顔のところにいるのか、理解できなかった。ようやくことのしだいがのみこめたとき、もう一度衝撃を見舞われた。大脳皮質の敏感なところを直撃され、膝を折り曲げて支えをもとめる。

このとき、柱のようなものに触れた。鋼の兵士が六体かそこら積み重なっていたのだ。かれらがたがいに連結して集合体になれることを、はじめて知った。

鋼の兵士が集合体を分解して隊列を組んだとき、アル・ジェントフは地面に倒れたままほとんど身動きできなかった。兵士たちはかれを肩にかついだかと思うと、辺境地区に向かって疾走していく。

アル・ジェントフは自分の記憶に自信が持てないでいた。実際に起こったことを正確に把握できたのか、それともたんに夢をつぎはぎしたのか。

そうだとしても、夢のなかでそれをはっきりと体験したのだ。容赦なく〝肥溜め〟に運ばれたときのことを、細部にいたるまで。まるで暗黒の時などなかったかのように。そのあとからだの感覚がもどると、兵士の肩からおろされ、自分で歩くはめになった。だが、逃げだす気は毛頭なかった。かれらが自在に操る衝撃インパルスで痛めつけられるとわかっていたので。兵士たちはアル・ジェントフをおおいに急がせた。もともとトロテーア人は歩く速度が遅いのだが、いつもからだを鍛えているアル・ジェントフはたいていの同族よりもずっと速く歩ける。ともかく、暗黒の時が終わるまでには目的地に着いた。

ふたたびあたりが明るくなると、アル・ジェントフは自分が貧弱な独房に入れられていることに気づいた。そのあと、〝世話係〟が寝椅子だけは持ってきてくれたので、すくなくともトロテーア人に適した格好で眠ることができた。

だがそれは、拘留中で唯一の光明だった。

＊

収監されてすぐ、鋼の兵士をしたがえた小柄なメルッケ人がひとり訪ねてきた。メルッケ人はふつうそれほど大きくないのだが、この男はことにちいさく、アル・ジェントフの腰ぐらいまでしかない。管轄地区住民のほぼ半分がメルッケ人だったので、アル・ジェントフはその習慣やしきたりについてくわしく知っていた。かれらは器用な職人だ。それだけでなく、自分たちの食糧として野菜を栽培している。

アル・ジェントフはのっけから自分の権威をひけらかしたが、小人はどこ吹く風という態度だった。怒りにまかせて襲いかかろうとしたところ、鋼の兵士が逆に跳びかかってきた。金属でできた生物は後肢でアル・ジェントフを床になぎ倒し、冷感ショックをあたえた。

「ばかなことはやめろ、アル・ジェントフ」メルッケ人はそういうと、自分はイルロアという名で、鋼の支配者の読唇係だと告げた。「恐れることはない。いくつか背景を説明して、階級やそれにともなう特権がなくなることを理解してもらいたいだけだ。特権を断念するのがスタルセンの存続に不可欠であることも」

「失せろ、メルッケ人」と、アル・ジェントフはいい返した。「おまえのような者と話すつもりはない。わたしと話したいなら、最低でも第二階級市民を希望する」

「ここにいるのは、せいぜい〝もと〟階級市民だ」と、小人は説明した。「全員、もう階級はない。もと第三階級市民だって例外ではないのだ。考えをあらためるのだな、アル・ジェントフ」

「出ていけ、ちび。さもないと……」

アル・ジェントフは鋼の兵士が攻撃態勢をとったのを見て、黙った。

「あなたもここの社会に慣れなくては」と、メルッケ人は言葉を継いだ。「わたしのことも対等にあつかわなければならない。辺境地区では全員が平等だ。ま、わたしは鋼の支配者の読唇係だから、ほかの者より多少は上だろうがね」

訊く気もないのに、アル・ジェントフは思わずたずねてしまった。

「読唇係とは？」

小人は答えるかわりに、鋼の兵士を見おろした。金属でできたアリのような存在が、またしても身をかたくしたように見え……昆虫頭が溶けて変形し、なにか違うものになった。と思うとすぐに、鋼の支配者のマスクとおぼしき恐ろしい顔がアル・ジェントフをじっと見つめていた。

そこへメルッケ人が声をかぶせ、ひどくもったいぶって説明しだした。

「鋼の支配者いわく、〝階級制度は死を招く〟。さらに、いわく……スタルセン供給機、都市搬送システム、市民防御システムの乱用を廃止せよ。すべてのスタルセン市民に対して緊急の呼びかけをする。貴重なヴァイタル・エネルギーの浪費をやめないと、都市は遅くとも三深淵年以内にグレイ領域になってしまうだろう」

「なんと感動的な演説だ」と、アル・ジェントフはばかにしたようにいった。「どうせ丸暗記しただけだろう。マスクの唇はまったく動かないじゃないか」

「わたしは鋼の支配者の意志を知っているのだ」と、メルッケ人は説明した。そのあいだにマスクがふたたび消滅し、鋼の兵士の昆虫頭にもどった。イルロアはアル・ジェントフをじっと見つめた。「あなたは自分で鋼の支配者に似ていると思わないか？　もしかしたら祖先が同じなのかもしれない」

この侮辱にアル・ジェントフは同意しかねた。鋼の支配者のマスクには目がふたつ、鼻がひとつ、口がひとつ、ふつうにならんでいるだけだ。それでトロテーア人に似ているとは、ばかにするにもほどがある。

アル・ジェントフは激怒して小人に跳びかかろうとしたが、はたせなかった。鋼の兵士が先にショック・インパルスをくりだしたから。

そのあとイルロアは引っこみ、長いあいだ姿を見せなかった。ふたたび……もちろん鋼の兵士をともなって……やってきたときは、霜のついた深皿を持っていた。

アル・ジェントフはメルッケ人のつくる野菜料理をそれほど評価していないが、なかにはまあまあうまいものもあると知っていた。かなり腹が減っていたこともあり、深皿の中身に食欲をそそられ、たいらげる。べつだん美味ではなかったが、それでも胃に食べ物が入って満足した。

食事が終わってはじめて、小人の顔がいたずらっぽく笑っているのに気づき、アル・

ジェントフは食ってかかった。

「なにがそんなにうれしいんだ？　わたしに出したものがどうかしたのか？」

「いまあなたがたいらげたのは、再処理施設でつくった料理だよ」と、イルロア。

アル・ジェントフは思わず吐きそうになり、逃げ去るイルロアに深皿を投げつけた。

「わたしは生ごみ食らいじゃないぞ！」

だが、いまはより好みできる身分じゃない。餓死するか、ごみを再処理したものを食べるかだ。生きのびるほうを選ぶしかなかった。

＊

触手をゆるくからだに巻きつけ、ちいさくなって横たわっていると、あらたな訪問者がやってきた。押しが強く頑健そうな男だ。アル・ジェントフよりもがっしりして背が高く、いままで見たことのない種族だった。

その角張ったからだは両肩が骨ばっていて、上半身から伸びる四本の腕が短すぎるように見えるほど。反対に、脚は身長から考えてちょうどいい長さで、つまり均整がとれている。膝関節がくっきりと引き締まって、柱のように伸びていた。

かたい素材でできた着衣がおおっているのは体幹だけで、手足はむきだしだ。武器を携帯しているのかどうかわからないが、どっちみちこんな大男と一戦交える気はない。

「わたしはガーティン、伝道者だ」と、訪問者は自己紹介した。「きみの面倒をみるため、状況を調べにきた。イルロアの話は理解できたか？」

「あんたがたの洗脳はわたしには通じないね」と、アル・ジェントフはいい返し、急に体重を移動させて寝椅子をたいらにすると、不意を突いて立ちあがった。

訪問者は瞬時に反応した。上体をややそらしたかと思うと、下側の両腕を三倍の長さに伸ばし、戦闘態勢に入ったのだ。

「口でいうより殴ったほうがわかるのか？」と、ガーティンはいった。「手かげんはなしだ。いままでに何度も頑固者に道理をたたきこんできたからな」

アル・ジェントフは手を振った。

「ちょっと柔軟体操をしただけさ。話をする気はない、なにをいわれようと」

「はてしなく時流に乗り遅れているようだな」ガーティンは残念そうにいった。「なにがなんでも階級にしがみつき、他者を犠牲にして生きていきたいのか。それが鋼の支配者には気にいらないのだが」

「当の鋼の支配者は第五階級だとか」アル・ジェントフはいった。「どんな特権を持っているか、かれにたずねてみたことはあるかね？　不死か？　転送機の制御か？　階級を授与したり、昇格させたりできるのでは？　たいした平等主義者だ」

それに対してガーティンがなにもいわなかったので、こちらのいったことを考えているのかと思い、さらにつづけた。

「すこしは話がわかりそうだな。あんたの種族は？　鋼の支配者に惑わされる前は高位階級だったんじゃないのか？　自分がこの件の担当になって、後悔することになるかもしれないぞ。思うに、鋼の支配者はすべてを壊したいだけなのだ。新秩序や再建というスローガンはイルロアから聞いたが、もしスタルセン全体が廃墟になったら、なにを土台にして再建するのだ？　ま、そこまではいかないだろうが。ゲリオクラートにはそれを阻止する力が充分あるから」

　ガーティンはばかにしたように、にやりと笑った。

「われわれキルリア人種族はつねづね口が達者だと思っていたが、きみから学ぶことはありそうだ。わたしを口で負かそうなんて、信じられない」

「説得力あるだろう。わたしは自分が正しいと信じているからな」

「欲望で目がくらんでいるだけさ」と、キルリア人はきっぱりいった。「じつはゲリオクラートにだまされているのだ。かれらは第一階級だけでなく、きみたち第三階級もふくめて全員をだましている。いまあるヴァイタル・エネルギーの大半を自分たちで浪費し、きみたちにはおこぼれをあたえているだけだ。充分なヴァイタル・エネルギーがなくなれば、いま使っている設備もいつか機能しなくなる。市民防御システムや都市搬送システム、スタルセン供給機もやがてなくなるだろう。だが、心配いらない。そうなったら第四階級も自力でなんとかしないといけなくなる。もう長いあいだ階級昇格がないのを疑問に思ったことはないか？　きみが第二階級に降格されることはあっても、第四階級にあがることは絶対ないのだぞ」

「鋼の支配者にゼロ階級にされるより、そのほうがまだいい」と、アル・ジェントフはいいつのった。「ま、あんたたちは全員、ゼロ階級だからな。まぐれでヴァイタル・エネルギーにお目にかかったことすらないだろう。やんごとなき鋼の支配者がすべて自分のために使って第五階級を維持しているわけだから。現実なんてそんなものさ！」

「きみのような階級狂信者にとってはな」と、ガーティンはいった。「いまは再生段階なのだから、がまんのしどころだ。階級制度を廃止してはじめて、すべてのスタルセン市民に恩恵がいきわたる。いま賛同している多くの第三階級が後悔するようなことにはならないよ。新システムになっても上に立つ幹部は必要だから。ヒエラルキーを完全に破壊することは、鋼の支配者でもできまい。われわれ伝道者や読唇係もいるし……スタルセンの大衆をまとめられる支配層をつくることも必要だ」

「いいか、よく聞け」と、アル・ジェントフはわけ知り顔でいった。「われわれふたりはじつはとてもよく似ている。きっとわかり合えると思う。ただ、あんたがわたしの側について、階級制度の破壊ではなく維持を支持すればの話だ」

「先ほどいったばかりだが、きみは時流に乗り遅れている」と、ガーティン。「しかし、もしかしたら新しい現実に適合することを学べるかもしれない」

ガーティンが去ってしまうと、アル・ジェントフは感じた。キルリア人の言葉には、ほかよりも自分に通じるものがあったと。

＊

それからあとは、長いあいだイルロアとの中身のない会話がつづいた。この小人は疲れ知らずで、同じ文言を何度もくりかえすだけだが、ほかに話し相手もいない身としては、退屈な会話をつづけるしかない。

それでも、辺境地区の状況について多少の情報は得られた。あきれたことに、この〝生ごみ食らい〟は鋼の支配者について、中心地区の住民が知っている以上のことは知らなかった。鋼の支配者は絶対にその姿を見せることなく、ただ鋼の兵士のなかに滑稽なデスマスクとして出現するだけで……時がくると、年に十二回はそのマスクが巨大なレリーフとなって、スタルセン壁にあらわれる。

だが鋼の支配者は、深淵年で六年ほど前にあらわれて以来、けっして自分の声を聞かせることはなかった。

「読唇係は鋼の支配者のメガホンなのだ」というのが、イルロアの説明だった。「われわれはかれの教えをひろめている。伝道者は実行部隊で、鋼の兵士は監視役だ」

そんなふうにイルロアは鋼の支配者のシステムを表現した。シンプルに聞こえるが、うまく機能していないと思われる。辺境地区では混乱と混沌、無秩序と困窮が支配していた。そうでなければ、なぜごみを再処理しなければならないのか。

「生ごみを食うのが進歩だとはいわせないぞ」と、アル・ジェントフはいった。「ごみはごみだ、たとえケーキのかたちに焼いてもな」

この簡潔な表現に対し、イルロアは同じく明快な反論ができず、くどくどしく説明し、弁論術の貧弱さを露呈しただけだった。

「鋼の支配者にさらわれてしまえ!」読唇係は捨てぜりふをのこして立ち去り、二度とくることはなかった。

そのあと送りこまれてきた使者を見て、アル・ジェントフは寝椅子から飛びあがるほど驚いた。突然あらわれたのは、ゾークだったのだ。

「寝返ったのか、ゾーク?」アル・ジェントフはたずねた。「そうじゃないといってくれ。わたしを助けだしにきたのだな、そうだろう?」

「あなたと理性的に話し合うためにきました」と、隷属民はいった。

「つまり、おまえには洗脳が成功したわけだ」アル・ジェントフは痛恨の打撃をなんとか持ちこたえた。「それではせめて教えてくれ。なぜおまえとバッコはあのとき、わたしを助けてくれなかったのか。あのときはまだ……」

アル・ジェントフは突然、ゾークの態度に疑いをいだき、最後までいうのをやめた。怒号とともに、もと隷属民に襲いかかろうとする。自分を罠にはめて鋼の兵士に引きわたした張本人は、明らかにこの男だったのだ。

けれども、かれは相手に触れることすらできなかった。うしろにかくれていた鋼の兵士がゾークの脚のあいだから跳びかかってきたのだ。電撃を受け、アル・ジェントフはふたたび寝椅子に転がった。

「ゾーク、この裏切り者!」アル・ジェントフは救いようのない怒りに駆られて悪態をついた。

「わたしのフルネームはテデフェ・ゾークです」と、相手はいった。「これからはそう呼んでいただきたい。われわれは同じ階級なんですから、アル・ジェントフ……いや、ジェントフ!」

アル・ジェントフはゾークを憎しみに満ちた目で見つめ、黙った。

「わたしが聞いたことをあなたも知ったら、現行システムに対してなんらかの手を打つべきだとわかりますよ」と、ゾーク。「われわれはずっと、友愛団とゲリオクラートは反目していると信じてきました。助修士と三人組が階級市民たちとの抗争に明け暮れていれば、外からはそう見えるでしょう。けれども、すべてはショーにすぎないのです」

「よくそんなたわごとを口にできるもんだな」アル・ジェントフはあきれていた。「いったいなにを吹きこまれたんだ、ゾーク？」

「テデフェ・ゾークです」もと隷属民は訂正し、さらにつづけた。「ゲリオクラートの最長老と助修士長は手を組んでいます。つまり、同じ穴のむじなということ。かれらはずっと以前に、反生物……グレイ生物になりました。そのうえ、スタルセンをグレイ生物だけが住むグレイ領域にしようとしている。スタルセンの住民はその階級に関係なく、すべて〝グレイ〟にされてしまうのです。鋼の支配者はそれを阻止するつもりです。われわれはそれを助けなければ」

「たいしたお題目だな」と、アル・ジェントフ。

「まぎれもない証拠があるのですよ」ゾークはいいはった。「ゲリオクラートや友愛団が辺境地区にひろめている迷信について考えてください。三人組だろうが助修士だろうが階級市民だろうが、ここへ送りこまれた者たちは早晩かれらと敵対することになる。両派とも、そのことをかくしたいのです。そのような威信の失墜をごまかすために、ひどい噂を流しているのです」

「おまえのいっていることも信用できないよ」アル・ジェントフはおもしろがってみせる。

「まだつづきがあるんです」ゾークは反論をものともせずつづけた。「あなたが最長老たちに貢ぎ物として定期的にさしだしていたメルッケ人や、地区のほかの住民がどうなったと思います？　考えもつかないでしょう。かれらと似た運命にあるのは、三人組が友愛団のオクトパスに運んでいる生け贄《いにえ》たちです。ただ、生来の超能力を持つ者だけは例外で、友愛団の育成のもとで三人組にされるのです。それ以外の者は〝片道切符の道〟を行かされます。つまり、助修士によって盲目の隠者に引きわたされたのち、洞窟に入れられ、ヴァイタル・エネルギーの一部にされるということ」

ゾークはひと息ついてさらにつづけた。

「貢ぎ物奴隷たちにゲリオクラートがしていることも同じです。あなたが地区を支配していたあいだ、何名を引きわたしましたか、ジェントフ？　数千、いや数万？　かれらは生命のドームのなかで生命力を奪われ、ヴァイタル・エネルギーに転換されます。そのエネルギーを、ゲリオクラートは自分たちの寿命をのばすのに使っている。これは数千の死によって少数の命を永らえる循環システムで、真の生命体が反生物になるシステムでもあります……グレイ生物に！　ジェントフ、あなたが鋼の支配者の側についてこのようなよからぬ状況と戦わないなら、それに加担することになります。この戦いはヴァイタル・エネルギーの浪費を阻止するためでもあるのです。階級は廃止すべきです。なぜなら、スタルセンにとって階級制度は死を招くのだから。われわれにのこされた時間はせいぜい三深淵年ですよ、ジェントフ」

アル・ジェントフは無表情で口を開いた。

「つまり、全員が生ごみ食らいになれば、猶予期間が何年かのびるというわけだ。それに、友愛団とゲリオクラートの後釜に鋼の支配者を据えれば、権力者はひとりだけになる。だが、それでいったいなにが変わるというのだ？」

「鋼の支配者はスタルセンを復興しようとしています。孤立状態から救い、深淵の地や高地に対して開かれた都市にしたいのです。わかりませんか、ジェントフ。鋼の支配者はヴァイタル・エネルギーの流れをふたたび洞窟網にいきわたらせ、スタルセンに活気をとりもどしたいのです。そうすればスタルセンがグレイ領域になることも、われわれが反生物になることもありません」

「ようやくわかったよ」アル・ジェントフはそういって、信用させようと演技した。「こんな狂信者にどれほど筋の通った反論をしてもむだだ。「ガーティンに伝えてくれ、わたしはかれを信じると。鋼の支配者とその意向に幸いあれ！」

その口調にあざけりやからかいがまったく感じられないので、ゾークはかえって当惑した。

アル・ジェントフはきっぱり決断していた。自分の考えにいつまでも固執《こしつ》してはいけない。とりあえず、このばかげた世直しに同調していると見せかけておこう。離脱してゲリオクラートに警告するチャンスがそのうちやってくるだろう。

2

「アトラン？」

「なんだね、チュルチ？」

「アトレンタと呼んでもいいですか？」

「きみがそうしたいなら」

「そうしたいどころじゃありません。これでわが『ヴァジェンダ賛歌』にぴったりくる。聞いてください！」

ほかのふたりがとめる間もなく、チュルチは声を震わせて歌いはじめた。

「あなたはだれ、美しいヴァジェンダ？

あなたのところへ駆けつけるのはだれ？

それはウェレベル、チュルチ、アトレンタ……」

「だすけで！　だすけで！」と、ウェレベルが歌をさえぎった。またしても〝助けて〟が〝だすけで〟になったところを見ると、ショックを受けているようだ。「ひとい歌はやめてくれ！」

「芸術がわからないやつだ」気を悪くしたチュルチは、毛皮でおおわれたひろい背中をメイカテンダーに向けると、期待に満ちた顔でアトランを見てたずねた。「わたしの歌はいかがですか？」

「気が早すぎる」と、アトランは答えた。「われわれ、駆けつけているわけでもヴァジエンダに向かっているわけでもない。とりあえず辺境地区に行こうとしているだけだ。ちなみに、きみの詩と歌声とどちらがひどいのか、判断はむずかしい」

「わたしが悪いんです、ねたみを買ってしまいましたからね」チュルチは自分にいいきかせるようにそういうと、おさえた声で歌いだした。

「わたしに腕をからませて、たおやかなヴァジエンダ、とこしえに、この世の終わりまで、ああ……」

アトランは聞いていなかった。〝ヴァジエンダ〟という名前からなにを連想すべきか、チュルチがまったくなんのヒントも提供していないことをべつにしても、その性質を推測するのは早すぎる。

最後のチラスであるケルズルとヴァイタル・エネルギー貯蔵庫からの情報で、ヴァジエンダが場所であること、そこから深淵の地全体を通って流れるヴァイタル・エネルギーが出ていることはわかった。このヴァイタル・エネルギー流はまた、深淵作用が通常宇宙の生命体を、この次元からほうりだしたり変化させたりすることを防ぐものだ。深淵作用に適応した生命体は〝グレイ〟になってしまうという。

この言葉はいささか曖昧《あいまい》で、そのようなグレイ生物とじっくり接触したことのないアトランにとって、正しくイメージすることはまだ無理だった。ゲリオクラートの最長老も助修士長も、グレイ生物であることはまちがいないだろう。けれども、表向きは時空エンジニアであるこの二名がどのように退化し、堕落し、あるいは突然変異したのかは、だれにもわからなかった。

といっても、かれらの意図は明らかだ。この都市全体を〝グレイ〟にする気でいる。スタルセンはヴァジェンダからのヴァイタル・エネルギー供給を遮断され、手もとにあるエネルギーは無責任に乱用されていた。そのため、破滅に向かって……つまり、グレイになるべく……急速に突き進んでいるように見える。

洞窟網のヴァイタル・エネルギー貯蔵庫はアトランとジェン・サリクに、スタルセンの歴史をかなりリアルな映像で〝解説〟した。そのさい、都市が数千年のあいだに計画的に破滅へと進んできたことも明らかになった。

〈もしヴァジェンダが適時に介入できなければ、現時点から三深淵年後には破滅にいたる〉と、付帯脳がいう。〈テラの時間換算ではわずか九カ月だ〉

〈ご忠告、感謝する！〉と、アトランは皮肉をこめて思考した。

友愛団の本拠〝オクトパス〟に監禁されていたとき、ヴァジェンダがメンタル・メッセージを送ってきて、真の時空エンジニアの名において助けをもとめたのだった。アトランは思いがけず強力なメンタル助力を得て、助修士および三人組との戦いを乗りきった。ヴァジェンダの声はさらに、鋼の支配者がテングリ・レトス＝テラクドシャンであると明言した。

いわく、鋼の支配者はスタルセンを解放するために呼びよせられたのだという。

この話だけでもアトランにとっては驚きだった。ここ数日間、そんなことは考えもしなかったから。深淵税関吏が断言したとおり、高地と連絡をとる手段がないのなら、時空エンジニアはどうやって高地にいる者に助けを要請できたのだろう。深淵の地の孤立状態は永続的なものではないのか？　高地と連絡をとれる時期があったのか？　だがそれだと、スタルセンは高地からも深淵の地のほかの領域からも孤立していないことになるのでは？　しかも、ヴァジェンダはわたしとメンタル・コンタクトをとることに成功したのだ！

アトランは答えを見つけられなかった。また、ヴァジェンダというのが具体的にどんなものかもわからない。

ヴァジェンダの見た目についてくわしいわけではないので、スタルセン出身のチュルチが自分と同種族の美しい女を想像しても、アトランは責める気はなかった。もちろん、チュルチの意識下にある抑圧された願望がそうした映像と結びついたのだといえるかもしれないが、それと問題の複雑さとはべつだ。

アトランは、レトス＝テラクドシャンからもっと情報を得たいと考えている。そのため、都市搬送システムでスタルセン辺境地区へ向かっているのだ。

「こんどはうまくいくぞ」と、ウェレベルが主張した。「辺境地区に行きつけるだろう。ゲリオクラートも助修士もわれわれを妨害できない」

「追跡さえされていない」と、チュルチがつけくわえた。「なんといっても、アトランが大勢の隷属民を募って戦闘力のある部隊を編成し、地区を次々に攻略するからな。旧・深淵学校の地域は、攻略部隊の基地としては最適だろう」

「メイカテンダー地区のほうが戦略的にはもっと重要だ」ウェレベルが応じた。かれにとってはもちろん、階級制度に苦しむ同族を助けることがとくに優先されるから。

ウェレベルとチュルチはさらに、きたる侵略戦で実行する戦術について論争をつづけた。そのような計画は時間がかかりすぎるという説明を、アトランはしなかった。複数の地区を占領する前に、スタルセンはとっくにグレイ領域になっているだろう……

エネルギー輸送球は、海のようにつづく家々の上を高速で飛んでいった。その上にはグレイの単調な空がひろがっている。陰鬱《いんうつ》な厚い雲のように見えるこの霧の層がいったいどんなものなのか、アトランはまったく知らない。わかっているのはただ、それが深渕定数を視覚的にあらわしているということだけだ。この雲によって、スタルセンでの高度は二千三百十二メートルきっかりに制限されている。

輸送球を思考命令によってこの雲の層のなかでコントロールしようという試みは失敗に終わった。アトランの判断では、雲の下三百メートルほどまでしか命令はとどかないようだ。

かれらは地区から地区へと横断していったが、スタルセン全体をとりかこむ都市外壁は見えない。その壁がかこむ面積は、地球でいえばオーストラリア大陸ほどもあるのだ!

下に見える建物はおよそ考えつくかぎりのかたちをしていたが、やがて、決まったかたちの建物が無限にひろがるように見えてきた。そのあいだには湖や公園があり、家々のはざまを縫うように川が流れている。だが、よく見ると、緑地帯でさえ建造物であるのがわかった。水中に建てられた住宅が水面を通してきらめいて見える。

「ジェン・サリクはいまごろどうしているでしょう?」と、ウェレベルが訊いた。

アトランははっと身をすくませた。ウェレベルの言葉に良心がとがめたのだ。

「ひとりでゲリオクラートのところへなど、行かせるべきじゃなかったのでは」と、ウェレベルはつづけた。「わたしには計画を断念させる力がなかったにしろ、せめていっしょに行けばよかった」

「ばかげたことを」と、アトランはいった。「ジェンは自分がなにをしているかわかっている。よく考えたうえでのことだ。きっとうまくいく」

「うまくいかなかったら？」ウェレベルが反論した。「ひとりでゲリオクラート全員を相手にするのですよ。なにが起きるかわかっていれば、かれだけ行かせはしなかった」

「くだらんことをいうな、ウェレベル」と、アトランはいった。「きみが行っていたら、ゲリオクラートにすぐ捕まって生命のドームのエネルギー貯蔵庫の餌食《えじき》になり、消えてなくなっていただろう。無意味な犠牲だ」

「かれらがジェンに同じことをしたら？」ウェレベルはそういってとがめた。

「ジェンにはそれを切り抜けるチャンスが充分にある。消えてしまわないよう細胞活性装置が保護してくれるはずだ。それがうまくいったなら……」

「でも、確信があるわけではないのですね」と、ウェレベルは言葉を継いだ。

「いまいましい！」アトランは毒づいた。「もちろんそうだ。わたしだって充分に自分を責めている。ジェンにこの計画を思いとどまらせることができなかったのだから。とる必要のないリスクだった。ひとりで生命のドームに行かせるべきではなかったのだ」

　サリクの計画は、聞いたかぎりでは悪くなさそうだった。ケルズルも洞窟内の黄金ゾーンにあるエネルギー貯蔵庫も、成功のチャンスがあると認めたもの。サリクの騎士の資質が細胞活性装置とともに作用すれば、ヴァイタル・エネルギーに吸収されることとなく、それを制御する役目をはたせるのだという。これはけっして非現実的な手段ではなかった。ただし、リスク要因はのこる。

だからこそ、サリクひとりで生命のドームに行かせてはならなかったのだ。アトランは自分が許せなかった。ともに辺境地区を訪ねて鋼の支配者に連絡をとったほうが、まだしもよかったのではないか。

レトスは、ＮＧＺ四二六年六月にスラケンドゥールンから姿を消して以来だから、もう六深淵年以上スタルセンにいることになる。状況をよく知っていて、なにをすべきかもわかっているはず。上位者の命令にしたがってここへやってきたからこそ、かれしか知らないこともあるだろうし、その知識が自分たちの戦いで役にたつと期待された。

レトス＝テラクドシャン、ジェン・サリク、アトランがいっしょの体制なら、どれほど高い戦闘力が生まれたことか。深淵の騎士が三人いれば、スタルセンの支配者と戦えただろう。またとない組み合わせだったはず！　なのに、ジェンはおのれの行動でその可能性をふいにしてしまった。アトランは友を翻意《ほんい》させようとしなかった自分を責めた。

〈もう自分を深淵の騎士だと思っているのか？〉からかうように付帯脳がささやく。

〈その資格を得るには、すくなくともプシオンによる騎士任命を終える必要があることを忘れていないか？　それまでは、どうあがいても自称・騎士だ！〉

〈騎士になどまったくなりたくない〉と、アトラン。〈どうしても騎士の資質を手に入

れたいとも思わぬ。それでもこうしてコスモクラートに深淵に送りこまれたからには、事実上わたしは騎士の資質を持つのだ〉

「あなたが後悔しているなら、まだ手遅れではありません」ウェレベルの声が思考に割りこんできた。「生命のドームへ飛んで、ジェンを助けだしましょう！」

アトランはそれに答えなくてすんだ。輸送球が高度をさげ、廃墟がひろがる平原の上空まで降下したからだ。

アトランは思考命令で懸命に軌道修正し、高度をもどそうと集中したが、輸送球はしたがわない。消滅しそうになりながら、廃墟間の空き地までなんとか乗員を運び終えた。着陸する前、空をおおう厚い雲の層までそびえたつ壁面が遠くに見えた。

「スタルセン壁だ！」チュルチが興奮して叫んだ。

「引き返しましょう！」ウェレベルもきいきい声を出し、〝た行〟と〝だ行〟がごちゃごちゃになる。「引き返しでくたさい、アドラン。ここは辺境地区たから、都市搬送システムが使えないのてすよ」

輸送球は、最後のきらめきを見せて完全に消滅した。アトランはおそるおそる思考命令で都市搬送システムを再作動させようとしたが、予想どおり反応しない。

「これではもう、前に決めたルートをとるしかないな」と、アルコン人。

「ジェンはどうなるのです？」ウェレベルが大声を出す。スリットロから出した触手を興奮したように左右に振り、翼をはためかせた。

そこへ突然、周囲の廃墟の四方八方から、大勢の声がまじりあった怒号が聞こえた。同時に、そこらじゅうから何者かが姿をあらわし、威嚇《いかく》するように近よってくる。

「まずはこれをどうするか考えないと」と、チュルチ。「戦いますか、アトラン？」

「戦う必要はない」アトランは平然と答えた。「いま相手にしているのは鋼の支配者の部下だろう。わたしにまかせてくれ」アトランは両手をあげて叫んだ。「われわれは鋼の支配者の友だ。かれにだいじな知らせがあってやってきた……」

その言葉がとぎれた。襲撃者が近づいてきたのだ。アトランは地面に倒され、その上へ大勢が重なるようにしてのしかかった。あらゆる方向から雨あられと鉄拳を浴びせられ、わめき声が両耳にとどろく。

うるんだ目と角のようにとがった鼻を持つ粗野な男が集団から抜け、アトランに顔を近づけた。

「階級犯罪者がどんな目にあうか、これでわかっただろう」と、しわがれ声でいい、さらに体重をかけてくる。

「わたしは鋼の支配者の友だ」アトランはなんとか声を絞りだした。「名前はアトラン。鋼の支配者と同じく高地からきた。かれの本名も知っている……至急、伝えたいことがあるのだ……」

重量級の虐待者の毛深くごつい手で口をふさがれ、アトランは窒息するかと思った。ほかの男たちに手足をつかまれ、縛られたようだった。コンビネーションが切られただけでなく、ブーツの胴部もなにかで深く刺され、肉までとどいていた。

ふたたび例の男が粗野な顔を、とがった鼻が触れそうなほど近づけ、

「高貴な生まれの階級市民が鋼の支配者に謁見を願うだと？」と、あざけるようにいった。「いいともさ、いずれそうなる。だがまずは、ゲリオクラートの最長老のところへ行ってもらう」

攻撃者たちがわめきはじめた。アトランは手枷《てかせ》足枷をつかまれて持ちあげられる。輪切りにでもされるのかと思ったが、かれらはアトランを頭上高くかかげ、たくさんの腕やさまざまな種類の肢で支えながら、勝利に酔いしれて運びはじめた。横目でこっそり観察すると、ウェレベルとチュルチも同じようにして運ばれていく。

この蛮人たちが鋼の支配者レトス＝テラクドシャンの配下だとはとても思えない。スタルセン中心地区からきた訪問者を粗暴なやり方で出迎えるというのが、レトスの意向でないことだけはたしかだった。

3

かれらは三人を丸天井の地下室へ運びこみ、暗い穴蔵にほうりこんだ。ウェレベル、チュルチ、最後にアトランの順で。ウェレベルはチュルチの下敷きになってうめき声をあげたが、縛られた状態でそこから抜けだすのはむずかしく、解放されるまでにはかなりの時間がかかった。チュルチのほうはサドルバッグを奪われたと文句をいっている。アトランは自分が投げこまれたはねあげ戸のそばに横たわっていた。細い隙間から帯のようにさしこむ光でわかったが、手足の枷は指二本ぶんの幅の鋼製ベルトで、はしがリベットでとめられていた。頭をすこしもたげると、隙間から外が見えて歩哨の影が確認できる。そこに一度、鋼の兵士がなにか探るように近づいてきた。

「レトス！」アトランはあらんかぎりの力を振り絞って叫んだ。そうすれば犬ほどの大きさのアリに似たロボットの仲介で、鋼の支配者に連絡できるのではないかと期待したのだ。「レトス＝テラクドシャン！　アトランだ！」

けれども歩哨はその鋼の兵士を蹴り飛ばして追いはらった。

「りっぱな友をお持ちですねえ」チュルチが嘆いた。「高地における友情がこんなものなら、わたしは高地生まれでなくてよかった」

「なにか誤解があるにちがいない」と、アトラン。「じきにはっきりする」

「われわれが鋼の兵士にされる前にそうなるといいですが」ウェレベルがいった。

「どこからそんなことを思いつくのだ？」アトランは驚いた。

「辺境地区に行ったら二度ともどれないことはみな知っています。寝返った者はすべて鋼の兵士にされると、オル・オン・ノゴンの隷属民がいっていました。あながちつくり話ではないでしょう。これほど多数の鋼の兵士が、どこからきたというのですか」

「きみたちを不安にさせるためのいいかげんな噂話だ。そうすれば第一階級市民が敵に寝返らないだろうと考えてのこと」アトランは確信をこめて応じた。

「ここにくれば同志がかんたんに集まると、ずっと思っていました」と、チュルチがいった。「こういうことになったのはわたしの責任です。まさか、こんな出迎えを受けようとは思いもよらなかった」

「いつか誤解は解ける」そう主張したものの、アトランは疑念をいだきはじめた。以前は、レトスが鋼の支配者として辺境地区を掌握《しょうあく》していると考えていたが、こうやって捕らえられてみると、横暴や恐怖がここを支配していることがはっきりしてきた。もちろん、鋼の兵士にされるという話は信じていないが、スパイとして辺境地区に送りこまれた助修士や三人組や階級市民はどうなったのか。だれひとりもどってこないのはなぜだ？

全員の考えをあらためさせ、階級制度からの離反を誓わせることに成功したのだろうか？　そんなことはまず無理だ。自分たちが受けた暴力から察するに、どうやらかれらもまた、かんたんにやられてしまったのだろう。

「われわれは鋼の支配者の信奉者と同様、ただの第一階級市民だ。なのに、どうしてこんな犯罪者あつかいされるんだろう？」と、ウェレベルは愚痴をこぼした。

「われわれをためしているだけかも」チュルチが希望的観測を口にする。「われわれがスパイではないと、すぐに信じろというほうが無理だろう。でも、そのうち自己弁護の機会があたえられるはず。そうすれば潔白を証明できる」

「それが鋼の兵士に変えられる前ならいいがね」と、ウェレベルはいった。

はねあげ戸が音をたてて開き、明るい背景に、ずんぐりした巨大なシルエットがあらわれた。両肩のあいだに、短い頸とごつごつした頭がのっている。

「おい、そこにいる者たち」声が鈍くとどろいた。「まだ生きているか？　それとも、もう再処理施設に行けそうか？」

「このような歓迎を受けたあとで、われわれがまだ生きているのは奇蹟だ」と、アトランは答えた。「きみたちは来客に訪問の理由もたずねず、まず最初に頭を殴るのか？

こんなあつかいは鋼の支配者の意向とは思えないが」

相手はうめくような声で答えた。

「じきに公正な裁判の場を設ける。申しわけないが、ときどき度を超す仲間がいるのだ。あなたたちが輸送球でくるのを見て、怒りのおさえがきかなくなったらしい。都市搬送システムはまさしくエネルギーの浪費で、第三階級市民のシンボルでもあるから。あなたたちは第三階級か？」

「わが同行者二名は第一階級だ」と、アトランは返事した。「わたしはどの階級にも属していない。スタルセンの住民ではないから。名前はアトラン。もしかして、高地からの客がふたりスタルセンに到着したと聞いていないか。そのひとりがわたしだ。そう鋼の支配者に伝えてもらいたい」

「もうひとりはどうなった？」

「ジェン・サリクという名で、ゲリオクラートの生命のドームに侵入を試みている」アトランは自分が苦しい姿勢であることをしめそうと、身をよじらせながらつけくわえた。「この鋼の手枷をはずしてくれればもっと説明しやすくなるんだが」

「すばらしい話を聞かせてもらった」と、相手はいったが、そのいい方はどことなく疑わしげで、考えこんでいるようだ。

「わたしのいったことはすべて真実だ」と、アトラン。「鋼の支配者に連絡してくれさえすれば証明できる。さ、手枷をはずしてくれ！」

相手は背を向け、アトランの視野の外にいるだれかと話していたが、内容はわからない。そのあとすぐ、トカゲ生物が二名あらわれ、地下牢へおりてきた。

そのうちの一名が歯をむきだしてアトランの上へかがみこみ、鋼の手枷を噛みちぎった。アトランだけでなくウェレベルもチュルチも、いましめから解放される。

「わたしはモスカー。キルリア人で、鋼の支配者の伝道者だ」虜囚の解放を指示した恰幅のいい者が名乗った。不格好な武器をアトランに向けながら、「これはスタルセン供給機から出したものではなく、われわれの備品で、命を奪うことができる。だから、ばかなまねはしないように。あなたと話したい、アトラン。ほかの二名はとりあえずここにのこれ。手荒なあつかいはしないから」

＊

モスカーの背丈は二メートルほどあった。その上半身は骨太で幅があり、オリーヴ色のかたい素材でできた鎧《よろい》のようなコンビネーションを身につけている。膝関節がふくれた長い柱状の脚が二本と、それにくらべると短すぎる腕が四本。いずれもむきだしになっている。アトランは武器で小突かれて歩きながら、モスカーの腕が三倍ほどに伸びているのに気がついた。

通廊をいくつも抜けていく途中、さまざまな種族がいるのを見かけた。そのとき、鋼の兵士を四体したがえた、小人のような一ヒューマノイドとすれ違う。かれらはアトランを見ると、まるで磁石に引きよせられたように向かってきた。

「嗅《か》ぎまわるのはやめろ、イルロア」モスカーが威圧的にいう。

「虜囚たちを刑事審問にかけるときは、わたしも呼んでくれ」と、イルロアは答え、うしろからちょこまか歩いてきた。

アトランが肩ごしに鋼の兵士を見ると、依然としてこちらに注意を向けているようだ。レトス＝テラクドシャンがロボットのセンサーを通してものを見たり、連絡したりできるのなら、鋼の兵士が見た合図も受けとれるにちがいない。

アトランは声を出さずに唇だけ動かして伝えた。

〝レトス＝テラクドシャン、きみの友アトランだ。この窮地から助けだしてくれ！〟

「レトス＝テラクドシャン？」小人は驚いてアトランに大声で訊き返した。「それはなにかの暗号か？　あなたは読唇術を会得《えとく》しているのか？」

「われわれにかまうな、イルロア」と、モスカー。「きみにはなんの関係もない」

「きみたちキルリア人はまるでスタルセンの支配者のようにふるまっている」と、小人はうしろ姿に毒づいた。「鋼の支配者がいることを忘れるな！」

アトランは振り返ってもう一度小人を見ようとしたが、モスカーに押されてアーチ門をくぐらされた。高く細長い台で仕切られた部屋に入る。

胸ほどの高さの仕切り壁のこちら側には、脚の長い椅子が十脚置いてあった。座面のサイズはいろいろで、酒場のスツールを思わせる。モスカーはどれでも好きな椅子にすわるようアトランに合図し、自分は台の向こう側の、雑多な機器がうずたかく積みあげられたデスクへ進み、背もたれ椅子にすわった。

アトランがすわったのをたしかめ、モスカーは話しはじめた。

「さて、あなたの話だと、高地からやってきた侵入者ふたりのうちのひとりだということでしたな。われわれはいままで、たんなる噂だと思っていた。鋼の支配者が同志ふたりと会うつもりだと、読唇係は主張していたが」

「その同志のひとりがわたしだ」と、アトランは説明した。「鋼の支配者のところへ連れていってくれたら、証明できる。わたしはかれの友だ。高地でも同じ敵を相手に戦った。われわれがともにいれば、スタルセンがグレイの国にならないよう守れる」

「ま、おちついて」モスカーは下側の両腕を三倍までいっぱいに伸ばして客をなだめた。「わたしにとってあなたはまず都市搬送システムの利用者で、それは第三階級であることを示唆《しさ》する。つまり、あなたは階級詐称という罪をおかしたわけです。鋼の支配者がどんなかたちであれヴァイタル・エネルギーの浪費に反対していることは知っているはず。あなたはかれの法をおかしたのですぞ。それが友好関係の証明になるとでも？」

「こんな僻地の辺境地区へやってくるのに、ほかにどんな方法があったというのか？」アトランは反論した。

「それは論証であって、証明にはならない」と、モスカーはいった。「あなたについて聞かせてください。そのうえで審議します」

アトランはため息をついた。

「鋼の支配者と対面するほうが手っとり早いと思うが」

「そうかんたんにはいかない」と、モスカー。「まずはすべて話してから次に進むのです。わたしには先入観はないから安心していただきたい。基本的に、中心地区からくる者は第三階級市民でもゲリオクラートでも歓迎です。われわれ、かれらの考えをあらためさせて、こちら側につくようながしており、その成功率は目を見張るほど。空腹ですか？」

この唐突な質問をアトランが肯定するより早く、聞こえない命令にしたがったように、手枷を嚙みちぎったのと同類のトカゲ生物があらわれ、蓋つき容器を目の前に置いた。モスカーは伸び縮みする腕を伸ばして蓋をとった。鉢のかたちをした容器に盛りつけられているのは煮こみスープのようだ。料理の表面は結露していたが、アトランが鉢の縁に触れると、具があらわれて湯気がたちはじめた。食欲をそそる香りが鼻腔に押しよせ、アルコン人は蓋の裏側についていたスプーンのようなもので、むさぼるように食べはじめた。モスカーはそのようすを鋭い目つきで見つめている。

アトランは思った。この食事は試験の一種にちがいない。辺境地区にはスタルセン供給機がなく、再利用がおこなわれている。この食事もリサイクルされたものだろう。

それでも、アトランにはおいしかった。スタルセン供給機で口のおごった第三階級市民は、吐き気をもよおすかもしれないが。

食べ終わると、自分とジェン・サリクがどのようにしてスタルセンにたどり着いたか、そこでどんなことを体験したのかをモスカーに語り聞かせた。質問責めを避けるため、詳細をかなり省いたかわりに、友愛団のオクトパスでの体験については内容を盛りあげ、鋼の兵士に救われた話をする。洞窟網での冒険や、ヴァイタル・エネルギー貯蔵庫とコンタクトしたことも忘れなかったが、その背景に踏みこむことはしなかった。また、ヴァジェンダからメッセージをあずかったことも黙っていた。

「これで鋼の支配者と会談するのに充分か？」アトランは話を終えた。

モスカーは最後まで黙って聞いていたが、振り向いて、かくしてあった通信機器に話しかけた。

「聞いたか、ガーティン？　どう思う？　じつに感動的な話じゃないかね？」

「ずいぶん誇張したものだ」と、スピーカーの声が答えた。「嘘をつく者は恥ずかしさでグレイになるはず。ようすを見よう。ここの状況について説明してやれ。そのあとでわたし個人が相手をする」

モスカーは接続を切った。

「いまのはだれだ?」と、アトラン。

「伝道者ガーティン」モスカーは答えた。「鋼の支配者の教えをひろめ、その法が守られることを重んじる者のひとりです。辺境地区で秩序をたもつよう気を配るのはかんたんではありません。鋼の支配者がわれわれを積極的に支援してくれるわけでもないので」

「どういう意味だね?」アトランは問いただした。「辺境地区は鋼の支配者がおさえていると、中心部では考えられているが」

「われわれの自己犠牲による努力でおさえられているのです」と、モスカーは説明した。「伝道者がいなければ、辺境地区はとっくにカオスになっていたでしょう。われわれが秩序をたもち、友愛団やゲリオクラートの侵入を防いでいます。鋼の兵士や読唇係による支援も受けてはいるが、兵士の数はすくなすぎるし、鋼の支配者の意志を伝える読唇係を無条件で信用するわけにもいかない。つまり、たいていの場合は臨機応変な対応が必要になります」

「では、鋼の支配者はどうなったのか?」と、アトランが訊いた。

「それですよ。どうなったのか?」モスカーは訊き返す。「いまからほぼ六深淵年前、転送ゲートのひとつが反応し、鋼の支配者がすべてのスタルセン供給機を経由して連絡してきて、その映像が都市外壁のそこかしこにあらわれた。それが革命のはじまりです。〝階級制度は死を招く〟……階級社会に反旗をひるがえそうという支配者の呼びかけは、スタルセン市民全員の心に刻みこまれたもの。階級制度の象徴である都市搬送システム、市民防御システム、スタルセン供給機を鋼の支配者が辺境地区で消滅させると、希望の炎が燃えあがり、それが都市全体にひろがるという希望が呼びさまされたのです。

しかし、それはつかの間の興奮でした。鋼の支配者は革命の炎を燃えあがらせただけで、二度と行動を起こさなかった。かれがわれわれに遺産としてのこしたのが、鋼の兵士です。鋼の支配者の活動をひろくになう手段として考案され、かれがそこにいるのだと思わせてくれました。兵士たちは支配者の意志に沿って行動し、ときおりそのデスマスクを表示させる。しかし、マスクがわれわれに話しかけてくることはない。唇は動いても、声はまったく聞こえないのです。そのため、唇から言葉を読みとる読唇係がいるのですが、解釈の幅がとても大きく、間違いも数えきれません。鋼の支配者は瀕死の床にあるのでしょう。そこへあなたがきて、謁見を願いでたというわけです」

「どこかに、鋼の支配者にたどり着ける道があるはず」と、アトランは主張した。

「そもそも鋼の支配者というのが存在するかどうかさえ、だれも知らないのですよ」モスカーは考えこみ、グレイに輝く大きな目でアトランをじっと見つめた。「わたしは鋼の支配者の同志であるというあなたを信じるほうに気持ちがかたむいている。だから、ひとつ教えましょう。もし鋼の支配者に市民を支配する力があるなら、まずは辺境地区から手をつけることです。状況はエスカレートしている。徒党を組んだ者たちの権力志向は、友愛団やゲリオクラートにもひけをとらない。もう鋼の兵士の地位はないも同然です」

「では、読唇係と伝道者は？」アトランは思いだした。「きみたちは実行部隊で、状況をおさえているといったはず。だいたい、鋼の支配者の意志を実行する権力を、きみたちは本当に持っているのか？」

モスカーは顔をしかめて、

「われわれのなかにも、権力を自分の目的のために悪用する連中がいます」と、いった。「ちいさな、とるにたりない違反からはじまったものが徐々に進行していき、鋼の支配者が介入しないとわかってからというもの、急激にひろまっている。いまや数えきれないほどの利益集団があり、いずれも友愛団とゲリオクラートに敵対してはいるが、みな自分たちさえよければいいという態度です」

「なるほど」と、アトラン。「きみの説明で暗澹《あんたん》たる状況がよくわかった、モスカー。この苦境にあらがい、腐敗分子を一掃したいなら、協力してもらいたい」

「なにをするつもりで？」

「なにがなんでも鋼の支配者の居場所を探し、かれを瀕死の苦しみから助けださねば。きみの支援があれば可能だ。鋼の支配者のところへ連れていってくれればいい」

「どうかしている」モスカーの言葉がもれた。「鋼の支配者の居場所などだれも知りませんよ。スタルセンにくるときに使用した転送ゲートの付近にいるとはいわれていますが、スタルセン壁のどこかにひそんでいる可能性もあります。もしかしたら、壁がかれの墓になったのかもしれない。あるいは、かれ自身がすでにグレイ生物になってしまったか……」

そこでモスカーは突如、立ちあがり、四本の腕をすべて伸ばした。

「伝道者ガーティン！」と、大声で叫んだ。

アトランは背中を突かれ、椅子にすわったまま向きを変えさせられた。目の前にモスカーの同族がいたが、モスカーより頑健でがっしりしていた。その背後には前に見たトカゲ生物の護衛隊がひかえている。

「われらが鋼の支配者の友だと主張しているのはこの男か」ガーティンはそういいながら、アルコン人をじろじろと眺めた。「高地からの訪問者は鋼の支配者によく似ていると聞いたが、実際に見るとがっかりだな。この顔は支配者のマスクと似ているとはいいがたい。本当に友なのか、あやしいもんだ」

「それは鋼の支配者が判断するさ」そう答えたアトランは、キルリア人の憎悪を痛いほどに感じた。即座に付帯脳が警告を発する。

〈この伝道者には気をつけろ。おまえの個人的な敵だ！〉

「よかろう！」と、ガーティンは決めた。「鋼の支配者の判断を仰ぐとしよう」

4

辺境地区のこのあたりにはメルッケ人が大勢いた。なぜかというと、第三階級市民アル・ジェントフの地区と隣接しているからだ。そこに住む大部分のメルッケ人は、不自由な状態よりも無階級身分でいることを好んでいる。

もとからの住民であるトカゲ種族へゲテに次いで、メルッケ人は二番めに多い住民だ。ジェントフ地区をはなれたメルッケ人の移住者たちは、辺境地区でいい評判を得たので、だれひとり後悔していない。かれらはまず、まじめな職人であり、野菜栽培の知識も豊富だ。読唇術の能力がきわめて高いことも知られている。

もちろんほかの種族の読唇係もいたが、メルッケ人の優位性は揺るがなかった。イルロアの自慢は鋼の支配者の読唇係であることと、鋼の兵士にいくらかでも影響をあたえていること。もっとも、近ごろは鋼の支配者からのメッセージがとだえがちで、しばしば適当に判読することを強いられるようになっていたが。鋼の兵士の鋼鉄の昆虫頭に生じる鋼の支配者の似姿は、たいてい唇が動かないままだった。

だが、鋼の兵士に影響をあたえ、自分たちの意志どおりにデスマスクを投影させるのが、上手な読唇係だと理解されている。イルロアもそれはわかっていた。それでも、本来の目的からはずれて悪用するようなことは一度もなかった。かれが操作するのは、鋼の支配者の意志においてのみだ。

しかし、恥知らずな読唇係もいる。

そのひとりがリットーだった。リットーは鋼の支配者の奉仕者ではなく、伝道者ガーティンの手下だ。鋼の支配者の意志を読みとっているかどうかあやしいという容疑事実が多数ある。それでも、イルロアにはこのキルリア人の悪口をいうつもりはなかった。

そういうことに興味がないから。

処刑にも反対している。鋼の兵士に影響をあたえて、身を守るすべのない者たちに殺戮武器を向けるようにしむけるなど、考えられない。

リットーにはこの点についてもためらいがなかった。

このような対立は、ふたりのあいだにはげしい敵意を生みだす温床であった。前にイルロアは事故で死にかけたことがある。リットーのしわざにちがいないと確信したが、なんの証拠もなかったので、伝道者ガーティンはそれ以上この事件を追及させなかった。ガーティンも、意のままになる奉仕者リットーの罪であることは承知していたのだが。

イルロアはこの告発のせいで、さらにリットーの機嫌を損ねた。

そんなとき、アル・ジェントフにまつわる出来ごとがあり、そのせいでかれはあやうく失脚しかける。

歩く植物のように見えるテデフェ・ゾークがイルロアに報告してきたのだ。アル・ジェントフに階級的思考をやめさせ、鋼の支配者側に引き入れることに成功した、と。

「こんなに早く？」と、イルロアは驚いた。「わたしはジェントフを知っているし、かれの下でわが種族がどれほど苦しんだかもわかっている。かれが考えをあらためることはまずないだろうと思っていた」

「わたしは以前ジェントフの隷属民だったので、きみよりもよく知っている」と、ゾークは反論した。「かれはもうこちら側だ。ガーティンに成功の知らせをとどけよう」

「それほどいうなら」イルロアは折れて、辺境地区のこのあたりでもっとも豪華な建物にある伝道者の本部へいっしょにおもむいた。

面会を許されてガーティンの前に進むと、そこにはちょうどリットーもいた。イルロアは敵を前にからだをこわばらせた。リットーがあざけるような笑みを浮かべる。

「なんの用だ？」ガーティンはいらついていた。「だいじな審議の最中なのだぞ」

腹黒いリットーと審議とは、よからぬことと思われる。イルロアはその場にたちのぼる災いをはっきり感じられる気さえした。用心にこしたことはない。

「いい知らせだ」と、イルロアはいった。「アル・ジェントフが宗旨替えした。かれを納得させ、考えをあらためさせたと、ゾークが確信している」

「それは本当にいい知らせだ」と、ガーティン。「これで鋼の支配者のためにアル・ジェントフ地区を占領できるな。主君を失った隷属民なんぞ、かんたんにかたづけられるだろう。どう思う、ゾーク？」

「そうかんたんではないかと」アル・ジェントフのもと隷属民は答えた。「かれらは階級制度の気楽さをかんたんには手ばなさないはず。戦いを挑んでくるだろう。メーレポンに助けをもとめて、ふたつの地区を合併しようとすることもありうる」

「妥協できるかもしれないぞ」と、ガーティンはいった。「どうだろう、階級廃止を一時的にとりやめて、都市搬送システムや市民防御システム、スタルセン供給機をかれらに保証してやるのは？」

ゾークもイルロアも困惑した。すくなくとも都市搬送システムと市民防御システムは第三階級市民しか利用できないし、スタルセン供給機を使用できるのは第二階級以上なのだ。ガーティンが忘れているはずはないが。

テデフェ・ゾークがそのことを指摘すると、

「たいしたことではない」と、ガーティンは無愛想にいった。「逃げ道はすでに見つけてある。きみは以前の仲間と連絡をとれ。どんな約束をしてもいい。たとえば、鋼の支配者が将来の階級昇格を考えているとかなんとか、とにかくこっちへ寝返らせさえすればいいのだ。わかったか、ゾーク？」

「しかし……」

「わたしの命令にしたがえ。反論は無用！」

テデフェ・ゾークは従順の印として地下茎に似たからだをかたむけたが、樹皮のような肌のたてるぎしぎしいう音が、この命令が意に沿わないことを物語っている。

「で、アル・ジェントフをどうするのか？」話題を変えようと、イルロアがたずねた。

ガーティンが答える前に、リットーがかれの肩によじのぼり、なにかを小声で告げた。

イルロアは、見せびらかすようなその表情が気にいらなかった。

「リットーがいうには、あらゆることを考えてもわれわれにとってジェントフはなんの得にもならない、と」と、ガーティンが説明した。「筋金入りの第三階級として、もしかしたら役にたつかもしれないが、そうかんたんに信用もできない。鋼の支配者に呼びよせてもらおう。それをきみにまかせる、イルロア」

イルロアは青ざめた。〝鋼の支配者がだれかを呼びよせる〟というのは、処刑の遠まわしな表現だったから。

「いままで一度もやったことがない」イルロアはしどろもどろになった。「そんなことに手を貸すのはいやだ」

「いつまでも避けて通れないことはある」と、ガーティンは語調を強めた。「きみにもな、イルロア。うまくやれるよう、専門家のリットーが教えてくれる。いずれにせよ、われわれは大がかりな催しを計画している。それがこれからはじまるのだ」

退室したとき、イルロアはほっとした。ゾークがイルロアの気持ちを察し、その細い肩に幹のような腕を置いてなぐさめる。

「深刻に考えることはない、イルロア。ジェントフが寝返ったふりをしているだけだと思っているのだろう。すくなくとも、きみが不当判決をくだす執行者になる必要はない」

イルロアは返事をしなかった。アル・ジェントフが寝返ることをガーティンが望んでいないのは確実だ。ガーティンにとっては、アル・ジェントフが第三階級市民であることが重要だから。イルロアはいまも確信してるが、アル・ジェントフは心の奥底ではまだ第三階級市民であり、本心をかくしているのだ。それがかれの命とりになるとは、なんという皮肉だろう。

ガーティンにとってもやはりそれは運命の皮肉だった。かれが盟約を結びたかったのは、変節者ではなく第三階級のアル・ジェントフなのだから。

だが、伝道者がいっていた〝大がかりな催し〟とはどういう意味なのだろう？　もっと多くの処刑がおこなわれるのだろうか？

ウェレベルとチュルチは、アトランのいる広間に連れてこられて大よろこびだった。いろんなところで尋問を受けたが、自分たちは信用されたと感じたと、興奮して息もつかずに説明する。

「はなればなれだったあいだ、われわれの運命がどうなるのか、はっきりわかりませんでした」と、チュルチ。「でも、いままたいっしょになれました。きっと自由にしてもらえますよ。あなたのほうはどうでしたか、アトラン？　われわれ、隷属民をあたえられ、鋼の支配者のところへ連れていかれるのでしょうか？」

「あなたが鋼の支配者と同じ階級であることを納得させられましたか、アトラン？」と、ウェレベルは訊いた。

*

アトランは顔の向きで広間の奥をしめした。大きな丸テーブルだけがある。そこには薄暗がりのなか、鱗《うろこ》におおわれて翼のある者が、鋼の兵士を十体したがえていた。

「メイカテンダーだ！」ウェレベルは自分と同族の者を見て、驚きのあまり、叫んで駆けだした。けれども半分ほど進んだところで鋼の兵士が割りこんできたので、立ちどまるしかなかった。「きみもオル・オン・ノゴンの地区出身か？　名前は？　どうやって辺境地区へきたのだ？」

そのメイカテンダーはハンマー頭をさげ、瞑想するようにじっと立っている。スリットロを開いて触手のような感覚器を伸ばすまでに、しばらく時間がかかった。

「わたしは最初のころ鋼の兵士に連れ去られた者たちのひとりで、グロエレという」と、ようやくいった。「鋼の支配者の読唇係だ」

「それなら、鋼の支配者がわれわれをどうするつもりなのか教えてくれ」と、ウェレベル。「鋼の支配者と連絡したか？　われわれのことをなんといっている？　アトランは鋼の支配者の親友なのだ。挨拶を伝えてくれたか？　答えてくれよ！」

「それはわたしの仕事ではない」と、グロエレは答えた。鱗生物が同族との出会いをよろこんでいないことは明らかだ。「わたしはただ、きみたちを見張って同行するためにきたのだ。鋼の支配者に話すがいい……その顔を見ながら」

「ありがとう。それで充分だ」と、ウェレベルはいい、アトランとチュルチのところへもどった。「これでなにもかもうまくいきますよ。鋼の支配者は旧友アトランを見捨てませんよね？」

「きっとうまくいく。悪くなることはない」と、アトランはいった。

「これ以上どう悪くなるのでしょう？」チュルチは驚いた。「鋼の支配者の友ではないと、いまになっていいだすのですか？」

「たんなる言葉のあやだ」と、アトランは説明した。「だが、あまり期待しすぎるなよ。

鋼の支配者の前に連れていくといっても、かれが姿をあらわすとはかぎらない。〝その顔を見ながら〟という部分を強調していたから」

「そろそろ出発する！」メイカテンダーの読唇係が告げた。「鋼の支配者がお呼びだ」

鋼の兵士がぞろぞろと出てきてかれらをとりまくと、アーチ門へ追いたてた。グロエレも同じ門から出る。ぐずぐずしていたチュルチは鋼の兵士からひと突きされて悲鳴をあげ、前へ飛びだした。六本脚の一本を引きずり、苦痛にゆがんだ顔でうしろに手を伸ばし、ふさふさの毛でおおわれた尻をこすった。

「野蛮なやつらめ！」と、鋼の兵士に毒づく。

グロエレは先頭に立ってひろい通廊を進み、一ホールに入ると、大きな楕円形の石づくりの壇の上に一行を導いた。壇上に出たアトランは、劇場の舞台のようだと思った。天井は貝のかたちにおおわれ、舞台装置さえそなえられている。半円形の舞台の背景には、鋼の支配者の〝デスマスク〟がさまざまな大きさで描かれているが、レトスとは似ても似つかない。それがあのハトル人とは、アトランも気がつかないほどだった。

貝天井のスポットライトはひどく明るくて、舞台全体に影もできない。反対に、観客席はまったくの暗闇だ。そこからざわめきが湧きあがり、これからはじまる劇を見るために数千人の観衆が集められていることがわかった。

どんなショーが用意されているのだろうか？　アトランは疑問に思い、なんとなくいやな気がした。付帯脳はその陰気な予感に同意もせず、ただ沈黙している。

鋼の兵士が三人を舞台の左袖にある階段へと追いたて、まんなかあたりの段にならんで立つよう強要した。

「鋼の支配者があなたの大親友だとしても」チュルチが突きでた尻尾をせまい階段にうまくのせようと四苦八苦しながら、アトランの耳にささやいた。「われわれをこんなところに引っ張りだすなんて、すいぶんと悪趣味ですね」

「レトスはまったくあずかり知らないことだ。わたしの付帯脳を賭けてもいい」と、アトラン。

〈賭けはおまえの勝ちだ！〉と、論理セクターが告げる。

だが、この状況について、ほかにもっということはないのだろうか？

鋼の兵士たちがひとりの未知者を舞台に押しだし、階段のほうに追いたてる。その者が登場すると、観客席から怒号のような叫びが起こり、やがてシュプレヒコールがはじまった。

「第三階級は階級の死！」真っ暗なホールにくりかえし、声が響きわたる。アトランはここではじめて、〝階級制度は死を招く〟のスローガンには災いに満ちた二重の意味があることに気がついた。

自分たちより数段下に立っている未知者に注意を向ける。直立歩行のヒューマノイドで、姿勢もしっかりしていた。青く輝く禿頭《とくとう》を誇り高くあげている。横にひろい顔のなかでは、両目、ボタンのような鼻、細い口が不釣り合いにちいさい。からだはがっしりしているが、左右に揺れるような歩き方だ。見たところ、その原因は脚にあるらしかった。関節がなく、歩行時に蛇のようにくねっている。触手のような腕が、くねるような足どりに合わせて動いた。

突然、シュプレヒコールがやんだ。舞台の反対側に鋼の兵士たちが登場したのだ。小柄なヒューマノイドふたりをしたがえている。裁判官の法服のようなガウンをまとっているが、そのひとりが、モスカーと歩いていたときに会った読唇係イルロアであることにアトランは気づいた。

かれらのうしろから、トカゲ生物の護衛隊にともなわれてガーティンがあらわれた。トカゲ生物は辺境地区のこのあたりにもとからいた住民へゲテであると、すでにアトランは知っていた。

アトランは、自分たちが立っている階段の前に整列している鋼の兵士を数え、三十体だと確認した。その半分は……つまり一体おきに……昆虫頭を読唇係ふたりに向けている。あとの半分はアトランたちのほうを向いていた。

アルコン人はひと目ウェレベルとチュルチを見て、スタルセン生まれのふたりのなかに鋼の兵士に対するかつての恐怖がよみがえったと確信した。実際、犬サイズの昆虫ロボットは威嚇的で……敵意に満ちている。

ガーティンは上側の両腕をあげ、見えない観客を黙らせた。それから、生まれた静寂に向かって話しはじめた。

「われわれがこうして集まったのは、鋼の支配者の意志を聞くためだ。支配者は階級のない社会を望んでいる。ゲリオクラートと友愛団がおこなっているヴァイタル・エネルギーの乱用に対し、有罪の判決がくだされよう。鋼の支配者はスタルセン供給機、都市搬送システム、市民防御システムを非難しているから」

そこですこし間をおき、さらにつづけた。

「ここにいる四名は、鋼の支配者の裁きの前に立っている。いまあげたすべてのシステムを自分の私的な利益のために使用したとして、訴えられた。なかでも、アトランと名乗る者は、自分が鋼の支配者と同じ高地人であると主張している。さらに、ずうずうしくも支配者の個人的な友であるというのだ。それについては鋼の支配者にたずねてみよう。アトランの同行者ウェレベルとチュルチは、かれの隷属民として雇われており、したがって共犯であるか……」ガーティンはまたも間をおいてから、皮肉に言葉を継いだ。

「……あるいは無罪とする」

ここで伝道者は、四人めの被告のほうを向いた。

「このトロテーア人はメルッケ人地区を支配しているアル・ジェントフだ。細かい説明は不要だろう。階級を悪用してヴァイタル・エネルギーの備蓄を自分の安楽な暮らしのために横どりした。そのうえ、ずるがしこくも、階級を放棄して鋼の支配者に仕えるといつわり、詐欺罪をおかした。この者についても鋼の支配者の判決がくだる」

またもやはじまった観衆のシュプレヒコールで、アトランは悟った。レトスのいった〝階級制度は死を招く〟の意味が間違って解釈されていることを。

「こ、ここは法廷なのでしだか？」ウェレベルがうろたえる。

「アトラン」と、チュルチはささやいた。「どうもわれわれには不利な状況です。決心しなければ。鋼の支配者が友情を証明してくれるのを待つか、それともここから逃げだすか。正直にいうと、わたしなら後者を選びますね」

「待ってみよう」アトランはいまだに、レトスが配下の鋼の兵士からこの公開裁判のことを聞かされていると思っていた。鋼の支配者が手段を持っているなら、適切な時期に介入してくるだろう。

小人のような読唇係ふたりが進みでて、自分たちのほうを向いている鋼の兵士の半分の前に立つと、群衆は沈黙した。イルロアだと思われるメルッケ人がうしろに立ち、もうひとりが誓いを立てるように腕をあげ、ひどくもったいぶった声で宣言した。

「鋼の支配者よ、階級犯罪者四名に対する告発は兵士たちから聞いているはず。ここであなたの裁定を、兵士を通じてお聞かせいただきたい」

読唇係はその宣誓姿勢をたもったまま目を動かし、自分のほうを向いている鋼の兵士の列に鋭い視線を向けた。

息をするのもはばかられるほどの静寂が生まれた。なにが起こるのか、アトラン自身も興味津々《きょうみしんしん》だ。チュルチとウェレベルは、ただ辛抱しているように見える。

読唇係のほうを向いた鋼の兵士たちの昆虫頭が突然、変形しはじめ、そこに人間の顔があらわれてくると、観客席はざわついた。アトランの立っている場所からはことの詳細はまったく不明だが、マスクがレトスの顔の表情をそなえていることはわかる。

「鋼の支配者が姿をあらわし、その意志を告げる」と、読唇係が宣言した。しばらく間をおいたのち、さらに芝居がかったポーズで腕をいちだんと伸ばし、手を握りしめた。いつわりの声を高め、まるで自分を通じて鋼の支配者が話しているように宣言する。

「スタルセンがグレイになること、わが都市の生命体が反生物になることは許されない。ヴァイタル・エネルギーを浪費する者は反生物を庇護している。階級に与《くみ》する者はグレイ生物と手を結んでいる。そのような行動をとる者はわが仇敵《きゅうてき》。わが仇敵にとり、階級制度は死を招く。敵に死をあたえよ！」

アトランは、鋼の兵士にあらわれたマスクの唇が動いているのかどうか見もしなかった。そんなことはどうでもいい。どっちみち、いま話したのがレトス＝テラクドシャンでないことははっきりしていたから。恥知らずにも、死刑判決が細工されたのだ。

こんなことになるとは予想外だった。ガーティンは将来の同志を始末して、いったいなにがしたいのか。アトランと同行者を有罪にするなど、敵を利するだけなのに。

〈鋭い考察だ！〉と、付帯脳が告げた。〈そこから引きだされる結論は、ガーティンが鋼の支配者に忠実な同盟者に興味を持っていないということ。このにせ伝道者、レトス＝テラクドシャンに敵対している〉

アトランは自分たちのほうを向いている鋼の兵士を見おろした。兵士たちは相《あ》いかわらず敵意に満ちて、まるで処刑命令を待つ殺人機械のようだ。

アトランはその一体に意識を集中し、ヒュプノ暗示をかけるようにじっと見つめた。同時に、レトス＝テラクドシャンのことを強く念じ、心のなかでふたつの名前を呼ぶ。

テングリ・レトス！　テラク・テラクドシャン！

監視騎士団の創設者テラク・テラクドシャンの意識を持つハトル人には、この声が聞こえないのか？　もし聞こえたなら、なぜテレパシーでコンタクトしてこないのか？

レトス＝テラクドシャン！　アトランが助けをもとめる！

アトランはほんの一瞬、現実から引きはなされたため、いままさに起ころうとしていることに気づかなかった。怒りの声に、ようやく現在に引きもどされた。

「死刑が執行される。鋼の兵士よ、義務をはたせ。鋼の支配者の名のもとに！」

鋼の支配者の名のもとに！　聞こえたか、レトス？　これはきみへの民衆のあざけりだ。レトス＝テラクドシャン、介入せよ！

鋼の兵士が武器の砲口を金属の昆虫頭から出すと、観客席にひそひそ声がひろがった。アトランはすべての期待をかけていたが、もう逃げだすには遅すぎる。

「鋼の支配者の名のもとに……撃て！」

だが、鋼の兵士は撃たなかった。そのかわり、その頭が変形して、なにか違うものになる。アトランは深く安堵の息をついた。とりあえず、猶予期間があたえられたのだ。死刑執行命令を聞いた鋼の兵士たちが、鋼の支配者の姿になる。その姿の唇が動いた！

「レトス、きみか？」と、アトランが呼んだ。「わたしが見えるなら、思考を送ってくれ」

だが、どんなにアトランが集中しても、テレパシー・メッセージはこない。そのかわり、読唇係イルロアの声が響いた。

「鋼の支配者の真の意志を聞け。支配者がふたたびその奉仕者を通して、先の読唇の間違いを正す。鋼の支配者がなにをいいたいのか、よく聞け。

〝よくきてくれた、アトラン！　ひろまりつづけるグレイ生物に対抗するため、あなたの助けが必要だ。ここへきてくれ。わたしはあなたを……〟」

イルロアにべつの読唇係が跳びかかり、言葉が中断された。背後でガーティンがヘゲテたちに命令を叫んでいる。

「死刑を執行せよ。階級犯罪者を殺すのだ!」と、命じた。

だが、ヘゲテはためらった。

アトランは会場全体の混乱に乗じて死の階段をあとにした。そうかんたんに標的にされてたまるものか。観客席からざわめきが聞こえてきて、混乱はさらにひろがった。舞台の上の鋼の兵士三十体は、休みなく唇を動かす鋼の支配者のマスクに呪縛されたまま、まだ硬直状態だ。アトランには唇から言葉を読みとる時間はなかったが、イルロアがほかの読唇係から身を守り、マスクが声なく語る言葉を代弁しているのが見える。だが、騒音で聞きとれなかった。

やがて、鋼の支配者のマスクが消えた。鋼の兵士たちは、まるで命令されたようにヘゲテのほうを向く。虜囚たちを捕まえるべくガーティンが動員していた者たちだ。兵士はかれらに向けて攻撃の火ぶたを切った。トカゲ生物は次々と倒れていき、のこった者たちは逃げだした。

ガーティンは援軍をもとめて必死で叫んだ。アトランは押し分けるようにしてそちらに向かう。キルリア人は危険が迫っていることに気がつくと、やはり逃走した。

アトランはあとを追わなかった。この好機を逃す手はないから。かれは忘我状態で立っているイルロアに近づいた。チュルチとウェレベルも横にあらわれ、話しかける。そ

こへ、アル・ジェントフもやってきた。触手のような腕をアトランの上体に巻きつけてまわし、自分のほうへ向けさせると、

「わたしはあなたたちの味方だ」と、告げた。「じつをいうと、もうわけがわからないんだが、いっしょに共通の敵と戦うよ」

「いいだろう」アトランは答え、自分たちを守るように鋼の兵士が集まってきたのを満足げに確認した。さらに四方八方からやってくる。とうとうレトスが合図してきたということ！ アトランはイルロアのほうを向いて質問した。「鋼の支配者はほかになにかいっていたか？ わたしとどこで会うか、知らせてきたか？」

メルッケ人はうなずいて、なにかいおうと口を開いた。しかし、それはできなかった。舞台が大地震のように揺れはじめたのだ。突きあげがはげしくて、まともに立っていられない。倒れながらアトランは、舞台の床が壊れて鋼の兵士が転げ落ちていくさまを見た。イルロアはチュルチに床に倒され、ウェレベルは翼を羽ばたかせて姿勢をたもとうとしている。

舞台の前の床が砕けて、ホールが轟音《ごうおん》と破裂音に満たされた。瓦礫《がれき》や破片が空中に飛び散る。そのあとにできた穴から、回転するエネルギー・フィールドがあらわれ、高く上昇していった。その下につづいて、先がまるくなった円錐形の一構造体があらわれ、さらに数メートル進んで停止した。

エアロックが開き、一名のキルリア人があらわれた。

「アトラン！　こっちへ！　全員を安全な場所へ連れていきます」

考える間もなく、アトランはほかの仲間を手招きし、エアロックから奇妙な乗り物に乗りこむよう大声で伝えた。その場を動かないイルロアの手を引いていっしょに乗りこむ。百体を超える鋼の兵士もあとにつづいた。アル・ジェントフも同様だ。

「モスカー！」乗りこんだイルロアが、キルリア人を見て驚いて叫んだ。アル・ジェントフも、エアロックの向こうに古い知り合いを見つけて驚いていた。

「ゾーク、おまえもいたのか？」

「説明はあとで」と、テデフェ・ゾークが返した。

「ガーティンが手下を集結させる前に、早くここから逃げないと」と、モスカーがせっついた。「この〝ドリル〟はただの緊急手段です。すぐに位置が知られてしまう」

チュルチはすでに乗りこんでおり、せますぎるエアロックに大きな図体をなんとか押しこんだ。それにつづいて乗りこもうとしたウェレベルは、うしろから呼ぶ声に足をとめ、舞台のほうを振り返ると叫んだ。

「グロエレがこちらへ向かっている。いっしょに連れていかないと」

だが、その願いはかなわなかった。グロエレはいきなり側面入口からなだれこんできた武装へゲテに撃たれて倒れてしまったのだ。叫ぶウェレベルをチュルチが無理やりエアロックに引っ張りこむと、ハッチが閉じた。

ドリルと名づけられた乗り物がふいに動きだし、ごとごと音をたててきた道をもどっていく。

アトランはこの思いがけない救出をよろこんだが、それよりもべつのことが気がかりだった。かれはイルロアの細い肩をつかんで揺すった。

「もうしゃべれるようになったか？　鋼の支配者はわたしとどこで会うつもりだ？　なんといっていたのだ？」

「支配者はこういいました」と、イルロアは忘我状態の声でつぶやいた。「〝ここへきてくれ。わたしはあなたをケスドシャン・ドームで待っている！〟」

アトランは驚きのあまり、石のように硬直して立ちつくした。

〈なにかの間違いにちがいない〉と、論理セクターが告げた。〈レトス＝テラクドシャンが惑星クーラトのケスドシャン・ドームを落ち合う場所として指定してくるなど、ありえない。ノルガン・テュア銀河は無限に遠く、深淵からは到達できないだろう〉

5

ドリルは以前、ヘゲテ居住地区の支配者が洞窟網への輸送手段として使っていた。地下では都市搬送システムが機能しないから。つまり、この乗り物は三人組の捕虜を盲目の隠者の帝国に送るための手段だったのだ。

鋼の支配者によって辺境地区が解放されたのち、伝道者はドリルで都市外壁の下をくぐってスタルセンの外に出ようとしたが、失敗。それ以来、怪物めいた乗り物は忘れ去られていたが、モスカーがこの救助作戦にあたって思いだしたのだ。かれはヘゲテ二十名を要員に使って、大胆な冒険に出たのだった。

ドリルは全長三十メートル、幅十メートル。操縦室は回転するエネルギー・フィールドのすぐ下にあり、これが機首になる。エネルギー・フィールドは鋼でさえ突破できるが、スタルセン壁だけは無理だった。ふだん、この乗り物は洞窟網のトンネル・システムを通って進んでいく。盲目の隠者の機嫌を損ねないためと、なによりまだ存在するヴァイタル・エネルギー網を傷つけないためだ。だが、ドリルが物質のなかを通って進むと、地表が震動するため、位置がかんたんに特定されてしまう。

「こうして地下にいるあいだは安全ですが」と、モスカーが説明。「地上に出たとたん、ガーティンの手下に探知されるでしょう。どういう意味かわかりますね、アトラン」

「なぜこんなリスクを引き受けたのだ、モスカー？」アトランは訊いた。「きみは今後、辺境地区ではかたときも気が休まらないぞ。ガーティンのような手合いは、きみに地獄の苦しみをあたえようとするだろうから」

「このキルリア人には、わたしの支配地区にかくれ場を用意しよう」アル・ジェントフが気前よくいい、けっしてひろくない操縦室に無理やり入りこんできた。ウェレベル、テデフェ・ゾーク、乗り物を操縦しているヘゲテ二名は、自由に動ける範囲がかなりせまくなったことを心配している。チュルチの居場所はもうない。

「すべての伝道者がガーティンのような輩《やから》ではありません」と、モスカー。「ほとんどは鋼の支配者の理想を支持していて、そのために全力で戦っています。ガーティンは例外なのです、強力な盟友はいますがね。わたしはずっと前から、ガーティンがわれわれをたぶらかしているのではと疑っていた。これで、かれが階級制度を廃止するのでなく、自分のためだけに利用しようとしていることがはっきりしました」

「どうしてガーティンはわたしを処刑させようとしたのだろう？」首をかしげるアル・ジェントフに、ゾークが説明する。トロテーア人は、自分の欺瞞《ぎまん》のせいでもと隷属民が窮地におちいったと知り、このうえなく無口になった。つまり、小難を逃れて大難におちいったということ。

「わたしは二度とだまされませんよ、ジェントフ」と、テデフェ・ゾークはいった。「それに、あなたはもうガーティンをあてにできない。かれにしたら、あなたはわれわれの仲間だ。どうですか、ジェントフ？」

ジェントフが操縦室を出ていくと、一ヘゲテが影のようにあとを追った。

「むろんガーティンは辺境地区全体に、われわれを敵だとする雰囲気をつくりだすでしょう」と、モスカーは状況を説明した。「わたしは側近を通じてほかの伝道者たちにも事情を伝えたのですが、逃亡したことで罪を認めたとみなされる。真相が解明されないかぎり、われわれは辺境地区のこのあたりでは追われる身です。したがって、のこされたチャンスはただひとつ。スタルセン壁まで行って、鋼の支配者に庇護権を要求しましょう」

「庇護権などというものがあるのか？」と、アトランはたずねた。

「鋼の支配者が辺境地区を解放したときから、スタルセン壁に到達した者は不可侵となり、だれも手を出せないのです」モスカーは答えた。「鋼の支配者の庇護下に入り、支配者だけしか裁けなくなるということ。ところが、このところ鋼の支配者がめったに姿を見せないので、庇護権が侵害されることもすくなくありません。それでも、これはわわれわれにとっては最高のチャンスです。スタルセン壁に行き、せめてこちらに注目を集めて、ガーティンの過ちを証明しましょう」

「わたしもくわわります」操縦室にやってきたイルロアが申しでた。アトランを見て、さらに話をつづける。「あなたの姿に反応した百体以上の鋼の兵士は全員こちらの味方です。鋼の支配者があなたを個人的に庇護するために兵士を派遣し、みずから話しかけたのはまちがいありません。今回の出来ごとは、鋼の支配者が朦朧《もうろう》状態からふたたび目ざめたことをしめしています。だが、かれはまだなにかに縛られていて、そこからすっかり自由になるために助けを必要としている。支配者を助けられるのはあなただけです、アトラン」

「どうしたらかれのもとへ行けるのだろうか？」と、アトラン。

「わたしはあなたをケスドシャン・ドームで待っている……」読唇係は思いだすように、「なにか思い当たりませんか？　この名前になにか意味があるのでしょうか？」

「もちろんある。それも特別な意味が」アトランは答えた。「ただ、どう考えてもきみの解釈が間違っていたとしか思えないのだ。レトスがいいたかったのは、ケスドシャン・ドームではないと思う」

「鋼の支配者はこの言葉を使いました」イルロアはあくまでそう主張した。

アトランは読唇係を信じる気になった。イルロアがとっさに思いついたはずはない。

それまでケスドシャン・ドームのことを一度も聞いたことがない者が、なぜよりによってその名を口にするというのか？

だが、レトスはクーラトにあるドームそのものをさしたのではなく、それに似たべつの、象徴的な意味を持った場所に言及したのかもしれない。

〈真実にたどり着くのがそんなにむずかしいか？〉と、付帯脳が訊いた。〈レトスとテラクドシャンの意識はケスドシャン・ドームで合体し、永遠のものとなった。ふたつの意識にからだはないが、ハトル人の肉体をプロジェクションできる。そのようなプロジェクション体でレトス＝テラクドシャンは深淵にやってきて、都市外壁の転送ゲートに行きついたのだ。その後なぜ、プロジェクション体でスタルセンにあらわれないのか？〉

「かれの意識がスタルセン壁のなかにあるからだ！」アトランは思いついた答えを声に出した。周囲の驚いた顔を見て説明しはじめる。「ケスドシャン・ドームとはスタルセン壁のことにちがいない。どちらもレトス＝テラクドシャンがあらわれた場所だから。デスマスクも鋼の兵士も、かれの意識が象徴としてかたちになったものだ。かれの到着直前に反応した転送ゲートがわかれば、そのどこかに鋼の支配者はいるにちがいない。そこへ行かなくては」

「大丈夫、行けます」と、モスカーはいった。

アトランは自問した。レトス＝テラクドシャンはどんな障害のせいで、鋼の支配者の幻影として登場することしかできないのだろう。プロジェクション体を失ったことが原因だろうか？

答えは見つかるだろう。もう〝ゲスドシャン・ドーム〟に行く準備はできていた。

＊

ダムージンとヴィールプレンはヘゲテのドリル操縦士で、この乗り物を巧みに操った。かれらが洞窟網でドリルを乗りこなすさまは、まるで生まれてこのかたそれしかやってこなかったように見えるほどだ。

中空の壁から生じた衝撃フィールドの推進力を信頼できるか、どこなら通りぬける充分なひろさがあるか、障害物をとりのぞいたりトンネルを掘ったりするのにエネルギー・ローターをいつ使用すればいいか……そのときどきの状況に応じて、二名はつねに最善の解決策を選んでいく。確実に深度を切り替えながら、盲目の隠者の縄張りやたまにあらわれるヴァイタル・エネルギー流を避けて進んだ。ほとんど忘れ去られたスタルセン地下施設の所在地も熟知していた。

それでも、かれらは鋼の支配者の登場後にはじめてドリルの操縦を引き受け、過去に数回、出動しただけだという。もちろん機内には多数の補助機器が用意されており、それを使えばエネルギー源やほかの障害物の場所を特定し、空洞の深さを測定できた。けれども、これらの機器はまず使いこなす技量と、受けとったデータを評価する能力が必要だ。

ダムージンとヴィールプレンはこれに関して名人級といってよかった。

「前方に生命インパルス」と、ダムージンが告げた。「盲目の隠者がふたたび徘徊しているようだ。大きく回避」

ドリルが回避のために入った側廊は壁が完全に滑らかで、ちょうど通れる大きさだった。モニターに一群の光点が表示され、スクリーン上ではげしく点滅する。

「おぼえているか、ダムージン」と、ヴィールプレンがいった。「ここは五年前に最後に走行したときに掘ったトンネルだ」

もう一名のヘゲテはトカゲ頭をうなずかせたが、うわの空だった。なにかのデータ解析で忙しいようだ。

「スタルセン壁まであとどのくらいだ？」操縦士たちを見守っていたアトランがたずねた。「目的地にはいつ到着できる？」

「なんともいえませんね」と、答えたヴィールプレンは、ドリルを最高速度で疾駆させている最中だった。アトランの見積もりだと時速百キロメートルぐらいだ。「どの道があいているかによるので。隠者たちの列はよけて通らないといけないんです。もっと深い階層に切り替えたら、いくらか時間を短縮できるかもしれませんが……」

アトランはヘゲテのおしゃべりをさえぎって距離チャートをつくらせた。そこから旧・深淵学校の敷地と大きさを比較した結果、辺境地区のこの場所は百キロメートルの幅があることが推定された。

しかし、ななめ方向に複雑なジグザグコースで都市外壁へ向かっているため、ゆうに三百キロメートルは進むことになる。平均速度を時速二十五キロメートルとすると、これからすくなくとも十二時間は走行するわけだ。だが、アトランはすぐにその計算がむだだったことを、強烈な体験から知った。

「前方にヴァイタル・エネルギー！」ダムージンはそう告げると、すばやく鉤爪で数回スイッチ操作をした。「エネルギーレベル上昇。ちくしょう、どうなっているんだ？このあたりの洞窟網はもう使用できなくなっているはずなのに」

トンネル前方が明るくなる。金色の明かりがひろがり、急速に強まって、まぶしくぎらぎらと光った。

ヴィールプレンがドリルに急制動をかけたので、アトランはコンソールにたたきつけられた。頭をあげると、操縦室が金色に光り輝いていた。

ダムージンは保護ヴァイザーをくりだして、操縦席に入ってくる金色の光をさえぎる。

「なんというエネルギー・ショックだ！」ダムージンが感きわまって叫んだ。「盲目の隠者がもしこの光景を見たなら、畏怖のあまり身震いするだろう」

ヴィールプレンはドリルを停止させ、速度をあげながら反対方向に進ませた。

「いまきた道をずっともどらなければならないのか？」と、アトランが訊いた。

「いいえ」ヘゲテが答えた。「側方へ突破できる場所を一ヵ所見つければいいのです。ドリルは非常に〝柔軟〟ですから」

アトランはじきに、それがどういう意味かわかった。エネルギー・ローターが動きだすと、ヴィールプレンは機首を左に旋回させた。すると後方の、収納室とつなぐための接続部分が大きく折れ曲がったのだ。ヴィールプレンの説明だと、ドリルには半ダースほどのジョイント部分があるらしい。そのため、どんな状況でも急な方向転換が可能なうえ、高低差のある急角度でも身をくねらせながら進むことが可能だという。

「すばらしい乗り物だ」アトランはほめた。ただ内心では、この状況なら歩いたほうが早く着くかもしれないと思った。

それにしても、この予想外のヴァイタル・エネルギー流に、いったいどういう意味があるのだろう。思わずジェン・サリクのことを考える。深淵の騎士は、生命のドームを支配している力に吸収されることなく侵入できたのだろうか？　もしサリクの計画がうまくいっていたら、このエネルギー・ショックはその活動の印かもしれなかった。ヴァイタル・エネルギーの標識灯だ！

付帯脳によれば、移動を開始してからもう数時間たつ。だが、スタルセン壁にはまったく近づいていない。何度も思いがけないことが起こり、走行がとまったり、まわり道を余儀なくされたりしたから。

＊

そしてこんどは、盲目の隠者の列に行く手をふさがれた。ドリルは薄い壁を削り、機首でひと突きして反対側に出たところだった。盲目の隠者があらわれたとダムージンから報告を受け、ヴィールプレンはただちにエネルギー・ローターをオフにした。

「気づかれてはいないぞ」と、ダムージンがいった。

「どこへ行くのだろう？」アトランの隣りから、かすれた声がたずねた。テデフェ・ゾークだ。歩く樹木を思わせる隠者たちと、驚くほど似ている。以前アトランが聞いた話によると、テデフェがかれらの子孫だというのは、ありえない話ではなさそうだ。むしろ、ゾークの種族は進化の飛躍によってヒューマノイドになったのだろう。樹木というより、人間の姿をしたマンドラゴラを思わせる。

「かれらの聖遺物である巨大卵に詣でるのだ」と、ヴィールプレンが説明した。「古くはヴァイタル・エネルギー貯蔵庫だったといわれているが、とうに機能停止して、朽ちるがままになっている。それでも隠者はときどきそこに詣でる」

「はじめて見た」と、ゾーク。「かれらの姿はわたしを不思議な気分にさせる」

それについてだれもなにもいわなかった。

「走行をつづけます」樹木のような生物が通りすぎると、ヴィールプレンが説明した。

「かれらの目的地に向かおう」アトランはとっさに決意した。「わたしが地図を間違って解釈していないなら、その巨大卵はわれわれのルートからそれほど遠くない」

「遠くから見たら巨大な卵ですが、ただの荒れはてた構造物ですよ」と、ヴィールプレンがいった。

「そこへコースをとってくれ」と、アトランはたのんだ。

「それなら、ヴァイタル・エネルギー流のあとを追えばいいだけです」と、ダムージン。「ヴァイタル流はこの方向にまっすぐつづいています。しかも、驚くことに、そこからまっすぐ行った先には鋼の支配者の転送ゲートがあります」

「つまり、ヴァイタル流はまさしくわれわれのコース上にあるということ」と、アトラン。「見失わぬように追っていくのだ」

「鋼の支配者の友の望みどおりに」ヴィールプレンはそういうと、ドリルを加速させた。

次の六十分間は、アトランの長い生涯でもっとも危険な冒険だった。これはなかなかすごいことだ。ヘゲテはアトランの命令を楽しそうに実行しつつ、ドリルの走行でかれを恐がらせようとも思っていたのだろう。曲がりくねった洞窟をすり抜け、最大数メートルの高低差がある個所でがたがたと音をたて、進路上のすべての障害物を削りとり、洞窟内の水たまりに潜り、高所にある洞窟の裂けた天井を通って進み、急上昇したと思うと急降下し、はるか昔に崩壊した技術施設の環状斜路を使って命知らずの滑走を試みる。

長い洞窟の起伏した地面を殺人的な速度で疾駆していると、突然、多数の鍾乳石に行く手をさえぎられた。回避操作は不可能だったが、ヴィールプレンは制動をかけるかわりに、速度を落とさず猛スピードで突進した。最後の瞬間になってようやくキャノピーのフードを閉じ、エネルギー・ローターを作動させる。ドリルは何度かひどく揺さぶられてあちこちがきしんだが、この負荷に耐え抜いた。

「これが最後の障害でした」と、ヘゲテはいった。

ひと休みしようとキャビンに引っこんでいたモスカーが、興奮して操縦室に駆けこんできた。六本脚ぜんぶが震えている。

「われわれ全員を殺す気か？」そういって、ハッチのはしに四本の腕でつかまった。

「スタルセンを横切ってガーティンの封鎖を突破すればよかったのに」

「巨大卵を見てみようと思ったのだ」と、アトランは説明した。

「なんのために？」モスカーは困惑している。

ドリルは人工の縦坑《たてあな》を通って上へ行き、深い場所にある奈落の上までつづく斜路を滑っていった。

アトランは操縦席から強烈な光景を見た。目の前に長さ十キロメートルの洞窟がのびている。かれらがいたのは中間あたりだったので、深さも高さも数千メートルあった。そのなかに、アトランとジェン・サリクがコンタクトしたのと同じようなエネルギー貯蔵庫がそびえていた。

しかし、この装置はもう長いことヴァイタル・エネルギーを貯蔵していない。卵形の外殻はしみだらけで色あせ、割れたり欠けたりしている個所がいくつもあった。壊れた巨大卵だ。その損傷が自然な劣化で生じたとは思えないが、なにが原因かはだれも知らないだろう。それに、原因などどうでもいい。はっきりしているのは、この装置がもう作動しないだろうということだ。

そのとき突然、陰気な光に照らされていた巨大洞窟の壁と地面に金色の光がひろがった。金の指だ！　とアトランは思った。ヴァイタル・エネルギーでできた金の指が、貯蔵庫を探している！

操縦席にいる者はみな無言で、金縛りにあったように、現実とは思えない光景を見つめた。何千という金の指が、やがて密な網目状になり、輝く面へとゆっくり変わっていく。それがさらに卵に向かって伸び、ついに触れた。

「カタストロフィになるぞ！」アトランは度を失って叫んだ。「この装置はエネルギーをためられる状態ではない。早く逃げるのだ、大惨事が起こる前に」

だが、ダムージンもヴィールプレンもその警告が聞こえないかのように、反応しなかった。ヴァイタル・エネルギーに呪縛されたのだ。

腐食した貯蔵庫がヴァイタル・エネルギーの圧力で爆発したら、とてつもない力が解放され、この巨大洞窟は崩壊してしまう！

アトランがヴィールプレンと交代しようとしたとき、変化に気づいた。卵形装置を探っていたヴァイタル流が引きさがったと思うと、ほかの道を探しはじめたのだ。いままで金色の光に照らされていた洞窟が、ふたたびぼんやりした薄明かりに沈む。その後まもなく、ヴァイタル流は消え去った。

　アトランはほっと息をついた。ヴァイタル流をここへ導き、最後の瞬間に危険だと気づいた〝導きの力〟の持ち主は、いったいだれだったのだろう。

「走行をつづけよう」アトランは決断した。

＊

　アトランはすこし休養しようと乗員室にもどった。柔らかいクッションがついていて横になれるひろい場所は一カ所しかない。かれが入っていくと、ヘゲテたちは譲ったが、チュルチとアル・ジェントフはその場にとどまった。トロテーア人はアトランをにらみつけた。

「あなたのことがよくわかったぞ」そういうと、横になっているチュルチをさししめした。空のサドルバッグをおろすこともせず、まるくなって眠っているように見える。

「この略奪者があなたについての真実を賛歌にしていた。ひどい歌で、空虚なフレーズだが、あなた自身も同じだろう。あなたは高地からきたと主張しているが、ここでなにをするつもりだ？」

「スタルセンがグレイ領域にならないように守るのだ」アトランは眠そうにいって大の字に横たわった。

「あなたは鋼の支配者と同じ第五階級なのか？」

「それは転送ゲートが証明する」目を閉じたままアトランは返事した。

「自分が転送ゲートをコントロールできると信じているのか。それは見ものだな」アル・ジェントフはまだ憤慨していた。「つまり、ゲリオクラートの最長老より上の地位ということになる。そうなのか？」

「場合による」と、アトランは答えた。「わたしは自分のモラルがほかよりすぐれていると思うが、それは見方の問題だ。最長老と助修士長はグレイの領主だから、主義も目標も同じで、グレイ生物のモラルにもとづく独自の哲学を持っている。きみがかれらに質問したとして、返ってくる答えは、わたしにとっては見せかけの価値しかない。それとも、きみはかれらの原理に沿って生き、グレイになりたいのか？」

「ものはいいようだ」アル・ジェントフはばかにしたようにいった。「だが結局、あなたたちの目的は現行システムの破壊と権力の掌握だろう。まだガーティンのほうがましだ、外套《がいとう》の裏にいつわりのモラルをかくす輩よりは」

「では、もう一度かれと組めばどうだ？」と、アトランが問う。

アル・ジェントフはすぐには答えない。考えあぐねているようだったが、最後には、「わたしは階級制度に忠誠を誓った」と、いった。「だが、いまは選択肢がない。生きのこりをかけていっしょに戦うよ。あなたの言葉に嘘はなさそうだから！」

「勝手にするがいい」

「それなら、聞いてくれ。わたしがとどまるのは、メダルのこちら側をじっくり見るためだ。だが、階級制度に反することはいっさいやらない。わたしがここを去るときは、とめないでほしい。それでいいか？」

「了解だ」

トロテーア人はしばらくしずかにしていた。アトランは思った。単調な鈍い音や乗り物がたてる騒音を子守歌がわりに、眠れたらいいのだが。

「おい」アル・ジェントフが近づいて耳打ちする。「正直、ガーティンのような男は気にいらない。それは白状しておくよ」

だが、その言葉は尋常でない爆発音にかき消された。アトランはからだが持ちあげられたと思うと、なにかにつかまることもできずに投げだされた。二度めの爆発でドリルが揺れ、三度め、四度めとつづいた。しかも爆発音はどんどん近づいてくる。

チュルチが恐怖と驚きで飛び起き、あわてて動きまわって、バランスをとろうとしているアル・ジェントフにぶつかって倒してしまう。爆発したときは夢の真っ最中だったらしく、こう朗唱しはじめた。

「恐ろしきはそなたの息づかい。怒れるヴァジェンダの前では、懇願も、呪詛《じゅそ》も、悲嘆も役にはたたぬ」

アトランは尾部にある休憩室の出口にたどり着いた。驚いたヘゲテが一名やってきて報告した。

「ここから出なければ。ガーティンが地雷を設置して封鎖したのです。通り抜けることはできません。スタルセン壁はすぐそこなのですが」

そこへまた耳をつんざくような爆発音がした。直撃されたとすぐにわかる。足もとの床が持ちあがってまたもどり、熱い圧力波でアトランは壁に押しつけられた。圧力波が消えてまわりが見えるようになると、ドリルはまっぷたつに引き裂かれていた。渦巻く煙雲を通して、動かないヘゲテ二名の姿が見えた。

「撤退だ！」アトランは命令した。「ガーティンの手下に見つかる前に逃げるぞ」

外へ出てみると、そこは洞窟網の分岐点だった。百メートル以上はなれたところに、ドリルの機首部分が転がっている。ずたずたになった開口部から、数名の人影が這いおりてきた。そのなかにウェレベルの姿を見つけて、アトランはほっとした。

「もっどひといこどになっでも、おかしくなかっだ」ショックをかくせないウェレベルは早口でまくしたてた。

モスカー、イルロア、ゾーク、両ドリル操縦士も次々と這いおりてきた。みなどこか負傷していたが、重傷者はいない。

だが残念なことに三名の犠牲者が出た。ドリルが地雷にやられたときに中央部にいたヘゲテだ。即死だったにちがいない。

モスカーはチュルチがなんとか入れるほどのせまい空洞に一行を連れていき、アトランにこう告げた。

「これでよかったのかもしれません。ドリルはどっちみち格好の標的でしたから。ガーティンはわれわれがやられたと思いこむでしょう。本当のことがわかるころには、われわれ、とっくにスタルセン壁に着いていますよ」

「鋼の支配者がわれわれを助けてくれます」と、イルロアがつけたす。相いかわらず、鋼の兵士を九十体したがえていた。

6

金色の炎がジェン・サリクをつかもうと迫ってきた。深淵作用を相殺《そうさい》し、生命体をグレイ生物に退化させないように守ってつつみこむ生命維持力であるヴァイタル・エネルギーが、なめるようにしてかれのなかに侵入しようとしはじめた。

サリクはいま自分になにが起ころうとしているのかわかっている。それでも、やってくるものを恐れることなく待ち受けた。ヴァイタル・エネルギーのなかに入っていくことは死を意味しないという確信があったから。かれは自分の細胞活性装置を信頼していた。

分解プロセスは痛みもともなわないし、負の感情も引き起こさない。身体物質から解放されたとき、どちらかというと気分の高揚を感じた。

かれは自分自身のままで生きつづけた。自意識は生命形態のなかにとどまっている。ただ、分解され、なにか違うものになった。

あたりが暗くなる。

けれどもそれはほんの一瞬で、すぐに脈打つヴァイタル・エネルギー流のなかにいた。それはもう金色の光ではない。金色は人間の目だけに見える色なのだ。

ジェン・サリクはもはや人間のからだを持たず、べつの存在形態と、まったくあらたに調整された感覚とをそなえていた。

かれが見るヴァイタル・エネルギーは、かつて力であった本来の姿になっていた。変化に屈して流れるこの存在は、意識の集合体なのである。

これらたくさんの意識は、もともとゲリオクラートがヴァイタル・エネルギー貯蔵庫の生け贄にした生物のものだ。無数の犠牲者の生命力を得て、ヴァイタル・エネルギーは強化された。けれども犠牲者たちは死んだわけではない。からだがなくなっただけであり、その意識は引きつづき存在する。もちろん個体としての性質は失われたが、集まって強力な多重個性を形成し、それがゲリオクラートの生命のドーム地下にあるヴァイタル・エネルギー貯蔵庫の意識をかたちづくっているのだ。

ジェン・サリクはそのなかでは異物だった。かれをとりこんで集合意識のなかに組み入れることは、ヴァイタル・エネルギーにはできない。サリクは、かれ以前に送りこまれてきたほかのどの個体にもないものを持っているから。

からだがなく、それでも自我を失っていないこの状態に変化したあとでも、ほとんど瞬時といっていいほどすぐに、自分のおかれた状況を明確に分析できた。

まずなんといっても騎士の資質を持つことが、この道筋を通ったほかのどんな生物とも異なる。けれども深淵の騎士としての地位だけでは、エネルギー意識内に組みこまれないためにはおそらく不充分だろう。

かれが頸に鎖でかけている細胞活性装置は、もう重さがない。それは本来、あたえられた運命からかれを守る要素であった。

ジェン・サリクはそのことをはっきり理解していた。通常の生存条件下では、細胞活性装置は装着者に合わせて調整した五次元振動を送り、それが個々の遺伝子コードを恒久的に活性化するよう作用する。

しかし、いまヴァイタル・エネルギーの力のもとでは、細胞活性装置が装着者であり、個人の遺伝子コードの記憶バンクとなるのだ。すなわち、ジェン・サリクが細胞活性装置を身につけているのではなく、活性装置がおのれのなかにサリクをとりこんでいるということ。

まさにかれが望んだことである。つまり細胞活性装置がかれを守り、ヴァイタル・エネルギーに吸収されないようにしたのだ。そしていま、ヴァイタル・エネルギーが操作できる状態であるのかどうかも確認する必要がある。最後のチラスだったケルズルは、かれに充分チャンスがあると考え、この計画の実行をすすめたのだった。アトランはあまり感心しなかったが。

　サリクは細胞活性装置に保護されながら、ヴァイタル・エネルギー流のなかを漂った。かれは不可侵な存在だった。そのことを、かれをとりまく意識もわかっている。その意識がかれの位置を突きとめ、分析し、とりこもうとして失敗した。そのあと、明確に表現された一連のメンタル振動を送ってくる。サリクはその問いをなんなく解読した。

〈あなたは何者なのだ？〉

〈わたしは深淵の騎士だ〉同じくメンタル振動で答えた。かれは以前この問いに答えたことがある。あのときはアトランといっしょだった。まだ機能していたスタルセンのべつのヴァイタル・エネルギー貯蔵庫に遭遇し、その装置から都市の歴史を聞いたのだ。

〈深淵はここだが、騎士という階級は知らない〉と、ヴァイタル・エネルギー貯蔵庫の意識がいった。〈それは第五階級より上か？〉

　サリクは最初、自分の返答に対してこれほどよろこばしい反応が返ってくるとは予想していなかった。というのも、このヴァイタル・エネルギー貯蔵庫がゲリオクラートに悪用されていて作動不良であると知っていたからだ。それでも、貯蔵庫が騎士の資質についてまったく知らないことには失望したが。

〈騎士の資質はスタルセンの階級制度とは関係ない〉と、説明した。〈ここを支配している階級制度は異常だ。あらゆる法にはなはだしく違反している〉

サリクはとくに底意もなくこういったのだが、それがもたらした効果には驚かされた。〈法をいくつか知っているのか？〉ヴァイタル・エネルギー貯蔵庫の意識が熱心に訊いてきたのだ。〈その内容をいえるか？　法の働きについては？〉

第三の究極の謎だろうか？　ジェン・サリクは思わずそう考えた。〝法〟はだれが定め、いかなる働きを持つか、という謎のことであり、三つの謎のうちで唯一、まだ答えが見つかっていないものだ。法が話題になったのは偶然だろうか？　なぜこの貯蔵庫は〝いくつか〟といったのか？　〝法〟とはたんなる上位概念であり、複数の項目に分けられているのかもしれない。

サリクはこれらを自問しながら答えを考え、ようやく、こういった。〈わたしは法を守るため、コスモクラートに派遣された。わたしの任務は、グレイ生物と戦い、スタルセンがグレイ領域になるのを阻止すること〉

〈それなら法の内容を知っているはず〉と、ヴァイタル・エネルギー貯蔵庫がいった。〈いってみてくれ。われわれは忘れてしまった。法を知らなければ、守りようがないではないか？〉

サリクはすこしがっかりしたが、もともと期待が大きすぎたのだ。かれの重大任務は第三の究極の謎の答えを得ることではなく、ゲリオクラート……さらには友愛団……がヴァイタル・エネルギー貯蔵庫に影響をあたえるのを阻止すること。サリクは即興で応じることにした。

〈法にはこう書かれている。貯蔵庫はヴァイタル・エネルギーを貯蔵すべきこと。ヴァイタル・エネルギーが洞窟網内を循環するよう機能し、それが目的外に使用されるのを阻止するのが、貯蔵庫の義務であること〉

〈承知している〉と、ヴァイタル・エネルギー貯蔵庫の意識が断言した。サリクを明らかに高位存在だと認めたのだ。〈われわれ、ゲリオクラートにヴァイタル・エネルギーを供給し、その長寿を助けている。それが規範だから。法を守っている〉

〈いや、それこそが悪用なのだ〉サリクはいい、ケルズルともうひとつのヴァイタル・エネルギー貯蔵庫から聞いたスタルセンの歴史についてくわしく説明した。

そのすべては、ゲリオクラートのドーム内にあるヴァイタル・エネルギー貯蔵庫にとってはじめて聞く話だった。悪用されたせいで、それに関する記憶をずっと前に失っていたから。ゲリオクラートから完全に間違った価値を吹きこまれ、長寿インパルスを出すことを最高位の掟とみなしていたのだった。

〈洞窟網の中心にあるヴァイタル・エネルギー貯蔵庫は、長いこときみにコンタクトをとろうとしつづけていた。けれども、きみが孤立していたために、かなわなかった〉と、サリクはいった。〈その孤立によってヴァイタル・エネルギーの悪用が促進されたのだ。もしもふたたびふたつの貯蔵庫のあいだでヴァイタル・エネルギーが流れ、たがいにコ

ンタクトできるようになったら、真の法が守られるだろう〉

〈孤立が解消されるのはわれわれにとっても願わしい〉と、貯蔵庫。〈だが、どうしたらいいのか？　方向を見きわめて道を見つけることは、われわれにはできない〉

〈わたしが道を知っている〉サリクは応じた。〈もうひとつのヴァイタル・エネルギー貯蔵庫につながる道を。わたしならヴァイタル・エネルギーを洞窟網に誘導できる〉

そして、それが実現した。

これはジェン・サリクにとって第一段階の勝利といえた。

次の目標は、洞窟網のその他の部分を調べ、辺境地区と連絡できるようにすることだ。ヴァイタル・エネルギー流を都市外壁まで通せれば、レトス＝テラクドシャンと連絡できるかもしれない。それがこの計画におけるかれの本来の使命だった。

＊

この数千深淵年ではじめて、まだ作動しているふたつのヴァイタル・エネルギー貯蔵庫がたがいにつながった。ヴァイタル・エネルギーの交換により、ゲリオクラートの生命のドーム内にある貯蔵庫もその記憶の一部をとりもどし、相互作用によってふたつの貯蔵庫がたがいに再生し合うようになった。

ジェン・サリクが望めば、影響をあたえて階級制度における全設備を停止させられたかもしれない。細胞活性装置のなかのヴァイタル・エネルギーに、その力が内在することを感じていたから。

だが、サリクは万事よく考えてから行動したかった。スタルセンのグレイ生物の代表者である最長老と助修士長の権力がどれほど大きいのか、わからないからだ。このタイミングで都市搬送システムや市民防御システム、スタルセン供給機のような設備へのヴァイタル・エネルギーを奪いとると、〝グレイの領主〟とやらが自暴自棄になるかもしれない。スタルセンを犠牲にするリスクはとりたくなかった。

もっと重要なのは、まずレトス＝テラクドシャンと連絡をとること。そこでサリクは、外見上はすべてもとのままにして、地下へおもむいた。自分の行動に、敵が予定より早く気づかないことだけを祈って。そのため非常に慎重に仕事にとりかかった。

生命のドームのヴァイタル・エネルギー貯蔵庫内に、疑似身体として細胞活性装置だけをのこし、サリクの精神はヴァイタル・エネルギーとともに洞窟網内を流れていく。しっかり固定された細胞活性装置だけを関連ポイントに、無数の精神エネルギー感覚器を使ってスタルセンの地下世界にひろがっていくことは、かれにとって新しい経験であると同時に、深淵の騎士の使命にはじめて近づいた気がした。この任務によって自分の地位は正当に評価される……また、これは任務遂行の正しいかたちでもあるのだ。

ヴァイタル・エネルギー流とともに長い距離を進むうちに、洞窟網をまったくあらたな視点から見ることができた。グレイ生物によって脅かされているこの死んだ世界を活気づけ、無数の変異を本来のかたちに再生させ、打ち捨てられたヴァイタル・エネルギー貯蔵庫をもう一度作動させる力を、自分のなかに感じる。

この力はヴァイタル・エネルギーに本来そなわるものだが、充分な量のエネルギーがないだけだ。ヴァジェンダが充分なヴァイタル・エネルギー流を増強して送れれば、まだスタルセンを救うことができるだろう。サリクはそれを確信していた。

だが、長く放置されていた一貯蔵庫をヴァイタル・エネルギーで作動させようと試みたとき、最初の楽観主義はすっかり勢いをそがれることになる。

スタルセン壁の方向に、つまりほぼ六深淵年前にレトス＝テラクドシャンが実体化した転送ゲートに向けて進んでいく途中、その貯蔵庫に行きあたったのだ。このなかに充分なヴァイタル・エネルギーを導きさえすれば、ふたたびもとの用途にもどせるだろうとサリクは考えた。

巡礼者が聖なる場所をめざすように、大勢の盲目の隠者がこのからっぽのヴァイタル・エネルギー貯蔵庫に集まってきたことで、それを試みようと決めたのだった。

だが、この計画は失敗だとすぐに思い知ることになる。貯蔵庫にヴァイタル・エネルギーを導こうとした最後の瞬間、修復不能の損傷があることに気がついたのだ。貯蔵庫は腐食してもろくなっていた。もしもヴァイタル・エネルギーの負荷がかかったら、まちがいなく爆発していただろう。スタルセンのこの地区が大惨事に見舞われるどころか、都市全体に被害がおよんでいたかもしれない。ヴァイタル・エネルギーの放出によって吸引効果が生じ、全スタルセンが深淵作用に巻きこまれるかもしれないからだ。

サリクはヴァイタル・エネルギーを回収し、弱めたエネルギー流に乗ってさらにスタルセン壁に向かって進んだ。

スタルセンには四つの転送ゲートがあり、そのすべてが都市をかこむ壁の内部にあった。かつてはこれらを使って高地から移住者がやってきて、深淵の地のさまざまな地区に送られたもの。

だが、それはもうずいぶん前のことだ。数千深淵年前にはすでに転送機は封鎖され、どちら側からもまったく機能しなくなった。なぜそうなったのか知る者はスタルセンにはいないようだが、サリクはその背後にグレイ生物の代表者、深淵の地を支配しようともくろむ勢力がいるとにらんでいる。

ところが、いまから六深淵年前、ある転送機が鋼の支配者をスタルセンに運んできた結果、都市全体が呪縛されたのだ。サリクは鋼の支配者を運んだ転送ゲートを目的地に定めた。レトス＝テラクドシャンとの再会をよろこべることを期待しつつ、ヴァイタル・エネルギーによって運ばれていく。

目的地の転送機に到達した。巨大な装置をスタルセン壁のなかで、しかも人間の目で見ることはできない。そこで、ヴァイタル・エネルギーを使って装置の内部構造を把握できるようにした。

わかったのは、スタルセン壁が鋼の性質を持つフォーム・エネルギーの一種からできていること。壁はたいらではなく、岩壁を思わせる多数の凹凸《おうとつ》があったが、大部分は厳密な幾何学的形状だ。

こうした観察をしながらも、サリクは自分のエネルギー感覚器を転送機へ向けた。注意深く、ひそんでいるかもしれない敵の力に触れないよう、辺縁から中心へゆっくりと手探りしていく。

ヴァイタル流が受けとったインパルスにより、ここで異質な力が実体化したことをサリクはすばやく感じとった。ただ、その力は変質している。グレイ生物という意味ではなく。

〈レトス＝テラクドシャン？〉サリクは使えるヴァイタル・エネルギーをあらんかぎり集めて、強いメンタル・インパルスをはなった。〈鋼の支配者、レトス＝テラクドシャンでは？〉

返事として、サリクはハトル人の姿のプロジェクションを受けとった。けれどもそれはほんの一瞬で、プロジェクションはすぐに消え、かわってテレパシーの声が告げた。

〈よくきてくれた、ジェン・サリク。アトランはどこにいる？〉

〈アトランはべつの経路でここをめざしています〉サリクはそう答え、自分たちの状況や、別行動することになった経緯などを話し、最後にこういった。〈本当なら、アトランはとっくの昔に辺境地区にきているはず〉

〈鋼の兵士が到着を知らせてくれたよ。わたしはかれにメッセージを送らせたが、それ以外のことはできなかった。きみがそうしたように、かれも自力でここまでくるしかない〉

〈助けが必要なのですか? わたしはヴァイタル・エネルギーの制御のしかたを学んだし、それを使ってあなたを援護することもできますが〉

〈力をむだにしないほうがいい〉と、レトス゠テラクドシャンは警告した。〈ヴァイタル・エネルギーは正確に調整して使う必要がある。そうしないと深淵作用が急激に大きくなる危険があるから。いまのところはなんとかバランスがとれているが、グレイの領主たちがスタルセンをとりかこむグレイ領域から力をはなったら、一巻の終わりだ〉

〈あなたにはなにか障害があるのですか?〉ケスドシャン・ドームの守護者はなんらかの理由で思うように行動できないらしい。そのテレパシーは弱すぎて、サリクがインパルスを増強しなければ理解できないほどだった。

*

〈いろいろとある。まず、わたしはこの場所と結びついている。もしここを放棄したら、ただちにグレイの領主に占領されてしまうだろう。ここを死守しなければならない！　それに、どうしても守らなければならないものをつくったのだ。それは……〉

テレパシー・インパルスがさらに弱まり、理解できないささやきになった。

〈レトス！　なにかに脅かされているのですか？　あなたを助けるために、なにができるのか教えてください〉

〈とくにつねよりひどく脅されているわけではない〉レトス＝テラクドシャンは間をおいてから答えた。〈わたしは陣地を確保しているのだ。だが、そろそろアトランがこないと、この苦労も水の泡になる。自分の力をなにに使うのか、もうすぐ決めなければならない。スタルセンの安全を危険にさらすことは許されないのだ〉

〈この転送機を制御できますか？〉サリクは訊いた。レトスの思考インパルスがふたたび弱まっており、そのため根本的な話題だけに絞りたいのだと気づいたから。

〈わたしはこれを占拠している〉と、レトスは答えた。

〈作動させることはできますか？〉

〈もちろんだ。だが、それは緊急手段として確保しておきたい。逃げても問題は解決しないだろう。われわれはスタルセンを救わなければならない〉

〈最初わたしは、ヴァジェンダにコンタクトすることを考えました〉と、サリクは自分の計画を説明した。〈ヴァジェンダが強力なヴァイタル・エネルギー流をスタルセンに送ることができたら、それで都市を救えます〉
〈不可能だ……〉思考インパルスがふたたび弱まった。〈エネルギー流は内側からこなければならない……グレイの領主が一帯を封鎖して……外からくるヴァイタル・エネルギーはすべて、エネルギーの涸《か》れはてた深淵に誘導されるようになっているから〉
〈わかりました〉と、サリクは答えた。封鎖によってスタルセンを深淵から隔離できるほどグレイの領主が強いのなら、都市が自力でなんとかできないかぎり、遅くとも三深淵年後にはおしまいになる。サリクは熱心に考えた。〈あなたの言葉を正しく理解したとしたら、グレイの領主の封鎖を内側から突破しなければならないということですね〉
返答がないのは肯定だと考えてつづけた。〈つまり、洞窟網を通してすべてのヴァイタル・エネルギーを、スタルセン壁の下のある一点に集中させて導く必要がある。この突破に適している場所は、あなたの転送ゲートの下あたりではないでしょうか？〉
〈そこなら理想的だ〉思考インパルスを強めてレトス＝テラクドシャンは答えた。〈だが、強力なヴァイタル・エネルギー衝撃が必要になる。スタルセンの備蓄が充分あるかどうか〉
〈使えるエネルギーはすべて投入します。ここでコンタクトをたもったまま、詳細を決めましょう〉

〈無理だ！〉まるで絶望の叫びのように響いた。〈まずアトランを連れてきてくれ。すぐにこないと、最後のチャンスがむだになる。わたしは決断しなければならない！〉

〈それはどういう意味ですか、レトス？〉

サリクは訊いたが、もう答えは返ってこなかった。さらに感覚器を伸ばしてみるが、徒労に終わる。

これで、ハトル人には行動半径を著しく制限される障害があることが明らかになった。こちらの到着をとうに知っていながら連絡せず、プロジェクション体やテレパシー・メッセージも送らなかったのはそのためだ。なんらかの原因で衰弱し、近距離交信でさえむずかしかったということ。

それはどうやらアトランと関係する障害らしい。すくなくとも、部分的に。サリクは一心不乱に考えたが、原因は不明だった。きっと、だれもが納得するような理由なのだろうが。

サリクがアトランと通信する手段は皆無《かいむ》だ。いわゆる〝階級設備〟が辺境地区では機能しないので、スタルセン供給機経由での通信手段はいっさい使えない。

あとは、まだまにあううちにアトランがレトスのところへきて、かれの〝最後のチャンス〟に気づくことを願うだけだ。

サリクは生命のドームのヴァイタル・エネルギー貯蔵庫にもどった。喫緊《きっきん》の課題は、すべてのヴァイタル・エネルギーの全備蓄を結集させてグレイの領主の封鎖を突破することだった。

7

「スタルセン壁です」と、モスカーが説明した。

「ここに到着したら、庇護権が適用されます」

アトランは間近で見る光景に魅せられていた。

それはしっかりした壁ではなく、無数のへこみや盛りあがり、傾斜や階段のようなものがあった。深い溝が全面にひろがり、そのあいだに三角形の突出部や多角形のプラットフォーム、せりだした立方体、いびつな四角形のくぼみ、水晶に似た隆起やこぶなど、あらゆるかたちが形成されていた。

どことなく、頭のおかしい建築家が独自の平衡感覚にしたがってつくりあげた強烈な幾何学的造形を思いださせる。この複雑な構造にどんな意味がかくされているのか知っているのは、建設者だけだろう。

一行から壁までの距離は四百メートル。そのあいだにはなにもない広場がひろがり、そこに看板がひとつだけ立っている。〝ここにスタルセン供給機あり〟と書いてあった。

壁から百メートルほどはなれたところに沿って、武装したヘゲテが歩哨についている。鋼の兵士は見あたらなかった。一キルリア人が姿をあらわし、歩哨になにかの指示をあたえた。

「全員、ガーティンの同盟者です。まちがいない」と、モスカー。「おそらく、あちら側の建物にも狙撃兵がかくれているでしょう。ガーティンはすばやく対応し、すでに転送ゲートの周辺全体で守りをかためています。われわれが鋼の支配者のところに行くのだと知っている。あそこが転送ゲートです」

そういって、下側の腕を左に伸ばしてさししめす。

アトランはその大きな正面を眺めた。立体派ふうの飾りで縁どりされていて、幅二百メートル、高さ四百メートルほど。ゲート自体は黒いものでおおわれていた。どんな生物の侵入も拒む封鎖フィールドにちがいない。転送機そのものは非作動になっている。

「鋼の支配者の姿はときどき壁のなかに見えます。けれども、最近はそんな機会もすくなくなるばかりで」モスカーが手ぶりを添えて補足した。「わたしが提案したとおりに進みますか？」

「そうしよう」アトランはイルロアを振り返った。メルッケ人はほかの者たちといっしょに待機場所にいて、のこった鋼の兵士九十体を自分のまわりに集めている。アトランは小声でかれの名を呼び、こちらを見あげる小人に指示をあたえた。「きみの出番だ。

鋼の兵士といっしょに出発せよ。なにをするか、わかるな」

「歩哨の注意を自分に向けさせるのですね」と、イルロアは答えた。「かれらは、なにより鋼の支配者に忠実ですから」

イルロアは六本脚の昆虫型ロボットを見まわし、手で不思議な合図を送りながら、音もなく唇を動かした。アトランには、鋼の兵士が読唇係にしたがうのは、高位の者から命令がないためとしか思えなかった。

レトス＝テラクドシャンに、いったいなにが起こったのだろう？

イルロアは鋼の兵士たちとともに側廊へ消えた。

「次はわれわれの番です」と、モスカーがいい、呼び出しを待っているヘゲテ十七名のところにもどる。かれはゾークとその仲間とともに歩哨のなかにまぎれこみ、イルロアと鋼の兵士が姿をあらわしたときに混乱させる役目だ。

「うまくやれ」と、アトランははげまし、同じく指示を待っている同行者ふたりを振り向いた。「ウェレベルにチュルチ！　こっちへこい」

ウェレベルが翼を震わせながらやってきた。チュルチは六本の脚をぜんぶ使って斜路をのぼり、アトランの隣りでかしこまった。

「スタルセン壁だ」もと略奪者は感動している。「壁に登ったのは、これまでの人生ではじめてです。ここにはなにもないと人はいうけれど、どうだか……」

アトランは広場をじっと観察する。イルロアが鋼の兵士とともに突然あらわれると、右側で騒ぎが起こった。通りを封鎖していた歩哨は、予想外の行進に退却した。イルロアのうしろにいた鋼の兵士たちは、即座に分散し、都市外壁とのあいだに十メートル幅の人垣をつくった。歩哨はうろたえてあちこち走りまわるが、どうしていいかわかっていないのは明白だ。

ヘゲテの護衛隊を連れたモスカーが姿を見せると、歩哨がただちに駆けつけて命令を待った。なんといっても、モスカーは伝道者なのだ。

「そろそろだ」と、アトランがささやいた。「用意しろ、チュルチ」

モスカーは駆けよってきたヘゲテたちを拒むと、部下に散開の合図を送った。

「鋼の支配者！」この呼びかけが野火のように伝播し、歩哨たちは鋼の兵士の頭がレトス＝テラクドシャンのデスマスクになるのを驚いて見つめた。それはもちろん、読唇係イルロアのしわざだったが。

「いまだ！」アトランが叫んで、跳躍の助走に入ろうとしていたチュルチの背中にひらりと跳び乗った。ウェレベルもアトランにつづき、かれの前でチュルチの頸に身をうずめる。

「いま行くぞ、愛しいヴァジェンダ！」チュルチはそう叫ぶと、強烈な跳躍で、鋼の兵士がつくった人垣のあいだを疾走した。「われわれはウェレベル、チュルチ、アトレンタだ！」

「わが名をそんなふうに変えさせるのではなかった」と、アトランが声をかける。チュルチは広場を大急ぎで走り抜けた。

鋼の兵士は側面を防御し、いまやモスカーと部下のヘゲテも援護にきた。すばやい攻撃で、近くにいる歩哨の武器をとりあげ、鋼の兵士が守る円内にもどった。

「かれらは裏切り者だ！」どこからか、一キルリア人のとどろくような声が響きわたった。「撃て。殺せ。かれらをスタルセン壁に行かせるな」

突然どこかで砲火が開かれ、アトランはチュルチの背中で身を低くした。ビームが何本も広場をつらぬき、かれらの近くをはしる。

アトランが振り向くと、身を挺《てい》してモスカーを守ったヘゲテ二名が倒れていた。鋼の兵士は上下に積み重なってからだを連結させ、イルロアを守るための動く防壁をつくっている。イルロアは鋼の支配者の名においてなにか叫んでいたが、味方にも敵にも聞こえなかった。

スタルセン壁の基礎部にたどり着くと、アトランはチュルチの背中から降り、階段状に積み重なった角石を登っていった。チュルチはまだ頸にウェレベルを巻きつけたまま、急いであとを追い、一アルコーヴのなかにかくれた。と思うと、すぐにウェレベルが姿をあらわし、翼を振ってアトランに合図した。

「庇護権を侵害することはできない！」下からイルロアの声が響き、実際に攻撃が一瞬、停止された。この小休止はモスカーと十三名のヘゲテにとって、壁のところまで行って安全を確保し掩体《えんたい》を探すのに充分だった。

「あれはグレイの領主の手下だ！」一キルリア人が叫んだ。「鋼の支配者を襲撃するつもりだぞ」

アトランは、声の主が広場のはしにある建物の前にいるのを見つけた。ガーティンだと思うが、確証はない。

「やつらを逃がすな！　鋼の支配者の命をねらっている！」

イルロアも鋼の兵士を連れてようやくスタルセン壁に到着した。六本脚のロボットが連結を解き、構造物のあいだに消える。アトランは、敵がこの状況をうまく利用して全方向から近づいてくるのに気づいた。

ふいに周囲の建物から都市外壁に向けて攻撃が再開された。数百のビームが稲妻のように窓という窓から放射されて屋根に当たり、致死的エネルギー炎が壁をおおう。

「言語道断だ」アトランと合流したイルロアがいった。「ガーティンがまさか庇護権を侵害するとは思いもしませんでした」

最後にようやくモスカーとヘゲテ十三名もアルコーヴにやってきた。これだけの人数にはせますぎるかくれ場だが、周囲にはビームが引き起こす地獄が口を開けている。壁のあちこちが赤々と輝き、空気は熱せられた。

「もっと上に行きましょう」と、モスカーが提案した。「屋根の高さより上に行かない
と、安全が確保できません。いずれにせよ、もしガーティンが追っ手をよこしても、こちらのほうが有利な状況です」

「鋼の兵士が登りやすい道に案内してくれるでしょう」イルロアはそういうと、ふたたび声を出さずに身ぶり手ぶりで鋼の兵士と会話した。

鋼の兵士六体がアルコーヴの奥へ引っこみ、煙突のように垂直に伸びる割れ目のなかにできた階段状のカーブを登っていく。そのあとにイルロアと、鋼の兵士数体がしたがった。次にチュルチ、ウェレベル、テデフェ・ゾーク、アトランとつづくが、あいだにかならず鋼の兵士が数体はさまった。それからモスカー、アル・ジェントフ、ヘゲテとつづき、やはり鋼の兵士がしんがりについた。

鋼の兵士が分散した意味をアトランはすぐ理解した。突然、高さ三メートルの垂直の壁がイルロアの前進を阻《はば》んだとき、鋼の兵士が自分たちのからだを積み重ねて柱をつくり、全員が登れるようにしたのだ。柱はがっしりと安定して、チュルチが体重をかけてもびくともしない。

そのあとも何度かこの〝生きた〟梯子《はしご》が必要になったが、おかげでようやく全員のスペースが確保できる一プラットフォームに到着。

アトランはそのはしから下をのぞき、高さはおよそ五百メートルと判断した。スタルセンの家々の屋根よりも高い。都市ははかりしれないほど遠くまでひろがっていた。〝空〟の単調なグレイと建物が溶け合っているかに見える彼方まで。ガーティンの手下たちはとうに攻撃をやめている。スタルセン壁沿いの広場は、ちっぽけな人影でいっぱいだった。ヘゲテ数名がやる気なさそうに都市外壁を登ってくるのを、アトランははるか下に見つけた。

「どうやら追っ手からは解放されたようだ」と、アトラン。「さて、これからどうするか？」

＊

「都市搬送システムを使ってはどうだね？」アル・ジェントフがからかうようにいった。触手状の腕や脚を絡み合わせ、鋼の兵士たちにかこまれている。まるで階級社会の生けるシンボルといった、悠然とした態度だ。「町にもどったらゲリオクラートに報告しよう。きみたちの鋼の支配者がどれほどみじめな権力者かということを。われわれは辺境地区を奪回するだろう」

かれのまわりをヘゲテ数名が威嚇するようにかこむが、モスカーはそれを呼びもどし、「庇護権を行使しても、長期的にはさほどメリットはない」と、いった。「糧食は支給されないし、装備も不充分だ。ガーティンはわれわれを餓死させることだってできる。遅かれ早かれ、下へおりなければならない。

「なんとか転送ゲートまでたどり着けないでしょうか」と、ウェレベルが思いついた。

「鋼の支配者がそこにいるなら、われわれを守ってくれるかもしれません」

「きみはものを知らないな」モスカーが答えた。「転送ゲートは鋼の支配者が暮らす宮殿なんかじゃないんだ。もう転送機能はないし、支配者がそこに姿をあらわしたこともない。もしいるなら、スタルセン壁からわれわれに話しかけてくるだろう」

〈レトス！〉アトランは思いを集中させた。〈レトス＝テラクドシャン！　わたしだ、アトランだ。きみのすぐそばにきている。合図を送ってもらいたい！〉

〈むだだとわかっているはず〉と、付帯脳が告げた。〈レトス＝テラクドシャンが助けられる状態なら、とっくにそうしている。おまえのことがわからないか、近くにいることが認識できないのだ〉

〈だが、すでに一度は合図を送ってきたぞ。そのときは、いまより遠いところにいたのに〉

〈たまたま運がよかっただけのこと。レトス＝テラクドシャンは、自身が苦境におちいって助けが必要だと知らせてきたのだ〉

これには反論できなかった。レトス＝テラクドシャンは、スタルセン壁のどこかこのあたりにいるにちがいない。けれども、そこはどのくらいの大きさなのか？　長さ十キロメートル、それとも百キロメートル、千キロメートルか？　都市外壁のはしからはしまで探しまわることはできない。レトスと連絡できるかんたんな方法がきっとあるにちがいなかった。

「どう思う、イルロア？」アトランは読唇係を振り返った。「リットーに指示されて鋼の兵士がわれわれを処刑しようとしたとき、鋼の支配者が阻止した。かれが知らせてきメッセージだと、かれはわたしを……」

「ケスドシャン・ドームで待っている」と、メルッケ人がつづきをいった。

「言葉どおりの意味ではない」と、アトランは否定した。「たんなる象徴だと思う。具体的なヒントをあたえたはずだ、その場所を正確にしめす手がかりを」

「鋼の支配者はそれ以上なにもいいませんでした」と、イルロアが主張する。「たいへんいいにくいですが、もう姿をあらわすための力ものこっていないのでは」

「それはきわめてよろこばしいことだな」アル・ジェントフが口をはさんだ。「チュルチ、これにぴったりの風刺詩はないか？」

「よろこんで朗唱しますとも」チュルチは怒ってアル・ジェントフを威嚇した。

アトランはプラットフォームをかこむ急勾配の壁を見た。その左には、水晶に似た構造の斜面がある。転送ゲートのあたりまでひろがって、そこで立体派ふうのかたちに移行していた。滑らかな垂直壁の右には切れこみがあった。目眩《めまい》を起こさせるほどの高さまでジグザグに伸びている。それはまるで、稲妻がはしったせいで壁が割れたかのように見えた。

「選択肢はふたつだけだ」と、アトランがいった。「転送ゲートで壁の内部へ行くか、壁を登って入口を探すか。わたしは最初の方法がいいと思う。まだ成功しそうに思えるから。やむをえない場合は、ひとりでも行く」

「お供します」ウェレベルとチュルチが異口同音《いくどうおん》に答えた。メイカテンダーは伸縮式の視覚器官を伸ばし、高くあげてつけくわえる。「奇蹟を待つわけにはいきませんし、これ以上よじのぼるのはごめんです」

「決めるのはあなたです、アトラン」モスカーはそういうが、困惑をかくさなかった。

アトランは、転送ゲートで運をためすといいかけて、イルロアのほうに注意を向けた。というより、そこにいた鋼の兵士の挙動に驚いたのだ。

かれらはいびつな四角形をした、高さ二百メートルの継ぎ目のない滑らかな垂直壁に沿ってならんでいた。それから、たがいによじのぼって重なり合い、十三階建てのピラミッドをつくる。その顔はそびえたつ壁面に向いていた。

イルロアが兵士たちの前に立ち、細く短い腕をあげ、ヒュプノ暗示をかけるように鋭い目でにらみつける。

ほかの者たちもこの出来ごとに気づいた。アル・ジェントフでさえ、くつろいだ姿勢を正して近づいてきて、

「鋼の支配者の悪魔ばらいか」と、あざける。だが、本気ではない。そこにいる全員が、なにかが進行中であること、その背後には無力な者の必死の試み以上のことがかくされていることに気づいた。イルロアは自分がなにをしているかわかっているのだ。

突然、かれのうしろの壁がきらめいた。前は滑らかだった面がゆっくりと変形しはじめ、へこみや盛りあがりが形成され、しだいに顔の輪郭があらわれる。なんと巨大な顔だろう！　壁面の高さと幅いっぱいまでひろがる、生きているかのごとき顔のレリーフだ。

鋼の支配者、テングリ・レトス＝テラク・テラクドシャンの像だった。

その唇が動きはじめると、アトランは息をとめ、直接、読みとろうとした。大きな声で読唇するイルロアの解釈を聞かずに。

アトランはまわりのものごとを遮断した。鋼の支配者の像は辺境地区のひろい範囲で見られるため、声なしに語られる言葉は多くの読唇係によって読みとられるはず……その考えがいっとき湧きあがったが、はらいのける。

唇の動きだけに集中し、こう解釈した。

〝わたしにいたる道は高みにつづく。アトラン、あなたのことはわかっている。ケスド

シャン・ドームまできてもらいたい〟

　唇が何度か同じ言葉をくりかえすと、像は薄れて壁面がもとの滑らかな面にもどった。きらめきはそのままのこり、壁に無数の鬼火があらわれる。それが徐々に集まって楔形《くさび》になり、右にある稲妻形の切れこみへ移動し、そこからジグザグに上へとはしる。鬼火はもとの位置にもどっては、すぐにまた上に向かってはしった。この標識灯が何度も何度もくりかえされた。

　鋼の兵士がピラミッド体勢を解くと、イルロアがアトランのところにきた。

「鋼の支配者のメッセージを聞きましたか、アトラン？」と、たずねる。「それとも、これも解釈違いだと思いますか？」

　アトランはぼんやりとかぶりを振った。いまや確信している。レトス＝テラクドシャンがこちらの居場所を知って、スタルセン壁のもっとも高いところにこいといっているのだ。

「登るしかない」アトランはきっぱりいった。

　ほんのつかの間、奇抜な考えが浮かんだが、すぐに付帯脳がはねつけた。

〈ナンセンス！　深淵にいたる道はひとつしかなく……出口は皆無。クーラトやケスドシャン・ドームにつづく次元の橋が、スタルセン壁の上方にないのは確実だ〉

　かれらは、上へ向けて発せられる標識灯がしめす登り道を進みつづけた。

8

ジェン・サリクは成功の兆《きざ》しに非常に満足していた。ゲリオクラートの生命のドーム地下にあるヴァイタル・エネルギー貯蔵庫へもどると、再生プロセスが実質的に終了したとわかる。貯蔵庫はもとの使命を思いだし、その意識はゲリオクラートによる悪用をできるだけ早く終わらそうと急いでいた。

「その問題はあとまわしになる」と、サリクは説明した。「あわててはいけない。一歩ずつ進めるんだ」

友愛団とゲリオクラートはこの瞬間まで、なにが洞窟網のなかで起こっているか知らなかった。それまで隔離されていたエネルギー貯蔵庫ふたつのあいだに、ヴァイタル・エネルギーが絶え間なく流れだしたことを。ふたつの貯蔵庫はたがいに連携し、しだいに共通意識が統合されていった。

かつて助修士に〝片道切符の道〟を行かされ、盲目の隠者に引きわたされた生物すべてを、サリクは気の毒に思ったもの。だが、いまかれらの運命には、いくらか明るい局面が見えた。その精神はヴァイタル・エネルギーのなかで生きつづけ、集合体としての力を持ち、スタルセンの解放に必要なインパルスを発することができるのだ。

ゲリオクラートが長寿のエネルギーを得るために生命のドームのヴァイタル・エネルギー貯蔵庫に送りこんだ貢ぎ物奴隷たちにしても同じだった。長いあいだ悪用されてきた意識は変化を遂げ、いまは搾取者と対立している。

若返りの泉としての生命のドームを無力化するために、あと必要なのは、ただひとつの火花だけ。ジェン・サリクの合図だ。

だが深淵の騎士は、それだけで甘んじるつもりはなかった。ふたつの貯蔵庫に蓄積されたものよりも、もっと多くのヴァイタル・エネルギーを得なければならない。スタルセン壁を突破し、グレイの領主のバリケードを粉砕するには、手に入るだけのヴァイタル・エネルギーすべてが必要だ。ずっと前に最後の備蓄として貯蔵庫から物質化されたものもふくめて。

この物質化ヴァイタル・エネルギーの莫大な備蓄を、スタルセンでは都市搬送システム、市民防御システム、スタルセン供給機と呼んでいた。友愛団はこれを超能力の促進に使い、ゲリオクラートは寿命をのばすために収奪したのだ。

これら物質化されたヴァイタル・エネルギーがもとの状態にもどり、本来の目的に使われるよう、ジェン・サリクは作業に着手した。

これが階級制度の崩壊のはじまりにつながるだろう。かれは期待を胸に、自分の行動がどんな効果をあらわすのか見守りながら、敵の反撃にそなえた。

＊

地区の支配者オリイタスと隣接地区を統治するタル・イトは、ずっと以前から敵対関係にあった。だが、だれの目にも対立が明らかになったのは、最近の出来ごとが原因だ。不要な流血沙汰を防ぐため、ゲリオクラートたちは階級闘技に賛成したのだったが、その顛末を聞いて、最長老は考えこむことになった。

オリイタスは第三階級市民で、トロルトリス種族の数百万名を支配している。非常に多産な種族で、人口は増加の一途《いっと》をたどっていた。それがしだいに不安を生みだし、オリイタスは生活圏を拡大する必要に迫られた。

かれは以前から隣りのタル・イト地区をねたましく思っていた。自分の地区より三倍はひろく、人口密度が低いから。住民は無欲で忠実なマムグスで、かれらにとって家族計画は非常に神聖なことだとされている。

そこでオリイタスは、自分の地区の境界線をタル・イトの勢力圏に押しひろげはじめた。トロルトリスに建物数棟を占拠させると、そのまま居すわらせ、さらに隷属民を派遣して臆病なマムグスを次々に追いはらわせた。

このような暴挙に対し、タル・イトが手をこまねいているはずはなく、隷属民を使って、不法占拠者をもとのスラムに追いたてさせる。こうした境界線争いが数年間くりかえされてきた。

オリイタスにとって状況は悪くなるばかり。こうなったら隷属民を侵略兵として送りこみ、自分の地区と同じひろさの土地を強奪するしかないと考えた。その襲撃計画をタル・イトがかぎつけ、こちらも隷属民を動員する。

だが、戦争は起こらなかった。ちょうど階級設備の崩壊がはじまったからだ。

オリイタスが隷属民八百名を集め、スタルセン供給機から武器を調達しようとしたとき、出てきたのはなんの価値もないがらくただった。オリイタスは必死になってスタルセン供給機にもう一度ほしい装備を告げたが、装置はまったく反応しない。

そこへ敵の防衛部隊があらわれた。よく訓練された隷属民が千名。いつもタル・イトからふんだんに物資をあたえられ、オリイタスにしてみれば甘やかされたようにしか見えない。タル・イトの地区ではなにもかもがありあまっているわけだ。

オリイタスは絶望し、市民防御システムに守ってもらおうと考えた。けれども、やはり反応しない。都市搬送システムを呼ぶと、エネルギー輸送球があらわれるにはあらわれたが、乗りこんだとたん、ふたたび分解してしまった。

だが、タル・イトはこうした敵の弱みにつけこまなかった。オリイタスはそのことにおおいに驚いたが、やがて、相手も自分と同じ問題をかかえていることがわかってきた。三つの階級設備のどれも、役にたたなくなっていたのだ。じつはこのような現象は、すべての地区で生じていた。ヴァイタル・エネルギー貯蔵庫のかくれ場にいるジェン・サリクが、物質化されたエネルギー備蓄を徐々に呼びもどしたから……

オリイタスは敵の弱点を知ると、駆け引きを弄《ろう》するのをやめて、公式に宣戦布告しようとした。しかし、さらに先を見ていたタル・イトは、ゲリオクラートに階級闘技を承諾させる。オリイタスは被挑戦者として武器を選択し、〝深淵定数接近〟に決めた。過去に一度、この種目で勝利していたのだ。

準備が完了し、審判員をつとめるゲリオクラートのフルナン２３１７が、対戦する両者に闘技場作用をおよぼし、その脳内で次のような状況がシミュレーションされるようにした。

両者がいるのは、割れ目の多いスタルセン壁の内部。しかもそれは二千メートルの高さにあった。深淵定数から三百メートルほど下であったが、その精神的・肉体的な影響はすでにはっきりと感じられる。

対戦者ふたりにあたえられた課題は、深淵定数にできるかぎり近づくこと。すばやく高く上昇した者が勝ちだ。

妄想がはじまり、からだにかかる圧力が高まってきたにもかかわらず、オリイタスは信じられないような速度で壁を登っていった。体重はすでに三倍になり、壁の張りだしを鉤爪でつかむ力もほとんどのこっていない。何度もやっとこ状の口を使ってからだを支え、そのたびに荷重で歯が割れるかもしれないと思った。

それでも、こんどこそ深淵定数に到達したいという功名心のおかげで、活力が生まれた。恐ろしい幻想の合間に、タル・イトが浮かんでは消える。驚いたことにタル・イトはぴったりうしろにつけていた。オリイタスは最後の力を振り絞る……

そこで突然、圧力が消え去った。茫然としているオリイタスに、単調な声が告げた。

「きみは優秀な成績で試験に合格した。よって、スタルセン深淵学校の卒業を認める。深淵の地における任務は追って知らせる。深淵での活躍を祈る!」

オリイタスは向かいにタル・イトがいるのを見つけた。勝者の表彰もないまま、ふたりとも闘技場から解放され、向かい合ってすわっていたのだ。かれらのようすからは身体的辛労と精神的負荷がはっきり読みとれた。

フルナン２３１７は、中断された闘技をふたたびはじめようと何度も試みたが、だめだった。

かれは最長老にこの奇妙な出来ごとについて報告するため、生命のドームに向かった。どのみち、行かなければならない時期だった。命を永らえるためのヴァイタル・エネルギー注入が早急に必要だったから。

＊

最長老はフルナンの報告を聞いても質問はしなかった。自分がもうかなり弱っていると感じていたフルナンは、老化プロセスが急速に進行していると思いこみ、命をのばすために生命のドームに行く許しを最長老に請うた。

だが、最長老はこういっただけだった。

「きみだけの問題ではないのだ。スタルセン全体で階級設備の故障が増えている。真相の解明が必要だ。対策を講じなければならない」

「細胞シャワーを浴びてから、力をみなぎらせて調査にのぞみます」フルナン２３１７はそう約束したが、視力が弱まって、最長老の姿がぼんやりしたグレイの染みのようにしか見えなかった。

「おろか者。いったいきみになにができるというのか」最長老はフルナンをどなりつけた。「わたしでさえあらがえない力が働いているのだ。なにによってこの力が引き起こされたのか、探しださなければならない」

「それでは、おいとましていいでしょうか……？」

「さっさと行け」最長老の言葉は、フルナンの耳にあざけりのように響いた。

イルティピットは長く細い脚でぎごちなく歩いた。自力ではとうてい歩けないので、ほかのゲリオクラートに支えられて。

一歩ごとに衰弱するのを感じ、とうとう自分の脚では立っていられなくなる。

「かれは死ぬ」と、イルティピットのだれかがいった。「われわれも全員、死ぬのだ」

その場に横たえられたフルナンは、命をあたえる力を待ち望んだが、かなわなかった。不安でとりみだしたイルティピットが横をよろよろと通りすぎる。フルナンを気にかける者はいない。

かれは最後の力を振り絞って長い頸を伸ばし、銀色の目を上へ向けると、命を永らえてくれる黄金色の光を探した。だが、金色ではなく無色の鈍い薄明かりがあるだけ。生命のドームの屋根を通してスタルセンのグレイの空が見えた気がした。

生命のドームはどこへ消えたのだろう？　それが、かれが最期に考えたことだった。

こうしてフルナン２３１７は老衰による死を迎えた。

＊

ニ・ヴァルの助修士バーロックは三人組を七グループ監督している。いまは八つめを訓練中だ。一ダースでもそれ以上でも訓練できる自信はあるが、このあいだ助修士長に接見したさい、もう指導はいいから自分の超能力をそろそろ高めるようにといわれた。

バーロックがいるのはオクトパスの瞑想室だ。からだを空中浮遊させながら、同時にオクトパスの外でそれぞれ異なる任地に向かった七つの三人組を操っている。

そのひとつとのコンタクトが弱くなったが、特別な問題は見あたらなかった。その三人組はもう長く外に出ているので、超能力の修復が必要なのだろう。そう考え、オクトパスにもどるよう指示を出した。

かれのすべての注意力は、いま訓練中の八つめの三人組に注《そそ》がれていた。この三名に対しては、あとは最後に締めくくりの超能力補給をすればいいだけだ。それがすんだら仕事に派遣するつもりだった。

だが、予想せぬ問題が生じた。三名が機能停止してしまったのだ。おのれの能力とオクトパスのエネルギーによって、まったく異なる三名の生物に同期性を持たせたはずだったが、かれらをバーロックはもはや制御できなくなっていた。

なにを試みても、三人組に連帯感をあたえることはできない。かれらはそれぞれの人格をとりもどし、自分のことしか考えられなくなった。

テレキネシスは頭ぐらいの大きさの石さえ持ちあげられない。

パイロキネシスは自分に火をつけてしまう。

テレパスはバーロックとコンタクトできない。

さらに、助修士がオクトパスに呼びもどした三人組が連絡を断ち、スタルセンのどこかをあてもなくさまよっているらしいこともわかった。

バーロックは自身とその能力に絶望し、なぜ失敗したのか、長いあいだ説明できなかった。だが、ほかの助修士が同じような困難と格闘していると聞き、この失敗が自分のせいではなく、もっと深いところに原因があることがはっきりした。助修士による新入り、つまり訓練中の三人組が暴動を起こして状況はエスカレートした。コントロールがきかなくなり、まさに凶暴になったのだ。

「オクトパスが力を失った！」この不安をあおる知らせは、最初たんなる噂だったのが、恐ろしい事実となっていった。

助修士たちは、潜在的超能力者を三人組にしあげる力をくれるヴァイタル・エネルギーがオクトパスから奪いとられたことを知った。

驚いた助修士たちは、それどころかオクトパスそのものが徐々に崩壊しつつあることにも気がついた。友愛団の権力中枢に、非物質化の脅威が迫っている。

かれらは絶望のなかで助修士長に助言をもとめようとした。だが、そのときにはもう助修士長の姿はなかった。

＊

グレイの領主二名は、これらの危機について協議した。協議場所は例の、グレイ領域の条件をそなえた天球だ。二名が自分たちのためにつくりだしたグレイ領域はごくせまいものだが、未来のスタルセンがそなえる性質の模範例となる。

だが、すぐに達成できそうだったその目標は突然、遠くに押しやられた。

「階級設備が破壊された原因がわかった」挨拶もそこそこに最長老が口を開いた。「コスモクラートの使者ふたりのうちのひとり、ジェン・サリクのせいだ。イルティピット二名が認めたのだ。わたしに断りなしにサリクを貯蔵庫に送りこんだと」

「きみの配下のゲリオクラートが独断でしでかしたことで、われわれはスタルセンを失いかねない」助修士長は非難した。

「あの高地人ふたりがどれほど危険か、わたしは忠告したはず」と、最長老はいった。

「かれらと、その前任者ジョルストアやロスター・ロスターとの根本的な違いが、小型ヴァイタル・エネルギー貯蔵庫だということは感づいていた。そしていま、サリクは自分の小型貯蔵庫を使ってスタルセンのヴァイタル・エネルギーをコントロールすることに成功したのだ。じつに手際がいい。かれの能力がとりわけ明白となったのは、階級闘技場の機能をもとの役割にもどしたこと。階級闘技に挑んだ二名の闘士が突如、深淵の地で働くための志願者にされたのだからな」

「ということは、高地からの移住者のため、コスモクラートがふたたび深淵穴を通そうとしているのかもしれない」助修士長はそう指摘した。「深淵穴はとうの昔に埋めておくべきだった。そうしておけば、いま起こっている問題は避けて通れたものを」

「それは違う。鋼の支配者は深淵穴とはべつのルートでくることができたのだから」最長老は反論した。「いままでの怠慢を嘆いても無意味だ。すぐに対策を講じなければ。スタルセンをグレイ領域にしなくてはならない」

「さしせまる災厄をまずはどうするか、計画があるのか？」と、助修士長はたずねた。

「外部からの援助を要請する！」

「そんなことをしたら、われわれの失敗を認めることになる」助修士長は度を失った。

「だとしても、それがスタルセンをわれわれの思いどおりにするための唯一の手段だ」最長老は揺るがなかった。「スタルセン壁の向こうのグレイ領域に助けをもとめなければ、早晩、鋼の支配者にやられてしまう。支配者が到着したときのことをおぼえているだろう。かれが以前の強さをとりもどしたら、われわれ、一巻の終わりだぞ」

「それは失敗を認めても同じこと」助修士長はそういい返し、ためらいながらもつけくわえた。「だが事態がどうあろうと、スタルセンをグレイにしなければならない。だから、きみの提案に同意しよう」

9

登り道はどんどん険しくなった。鋼の兵士の助けがなかったら、絶対にここまでこられなかっただろう。深い割れ目が突然あらわれてそれ以上進めなくなったときも、兵士たちが三つに分かれて連結し、橋をわたしてくれた。その三本道をひとりずつわたったさい、チュルチの体重がかかると軽く揺れはじめたが、鋼の兵士はその荷重にも耐えた。

反対側にたどり着いたアトランは、向こう側でモスカーがヘゲテ数名と口論しているのに気がついた。モスカーが怒って大声を出している。

「それなら引き返せ、臆病者！」

ヘゲテたちはトカゲ頭でうなだれ、ようやく〝橋〟をわたってくる。こちら側へ到着したモスカーが事情を説明した。

「ヘゲテは深淵定数を恐れています。早く目的地に着かないと、脱落するでしょう」

「同行を強いてはならない」アトランは反論した。「かれらがいなくてもやり遂げられる。この計画をだれかに強制するつもりはないのだ」

「わたしのことはどうなのかね?」アル・ジェントフがたずねた。

「もどりたいなら、じゃまはしない」と、アトランは答えた。トロテーア人はこの答えにたいへん驚き、黙って登りつづけた。

さらに何度か、鋼の兵士の助けを借りなければならなかった。鋼の兵士がそのからだでつくったりっぱな階段で垂直壁を横切ったとき、アトランは兵士の数が減っていることに気づいた。

「鋼の兵士の数がたりないが」アトランがイルロアにたずねた。「どこにいるのだ?」

「わかりません」イルロアは申しわけなさそうにいった。「自分のことで精いっぱいで、鋼の兵士の世話まで手がまわりませんでした。たしかに数が減っていますね」

「深淵に吸いこまれたのです!」と、ヘゲテが主張した。ほかの者たちも、同意するようにうなずいた。

「かれらが恐れるのも無理はありません」モスカーはアトランに耳打ちした。「深淵定数に近づきすぎると、その餌食になるという噂がありますから」

「ヘゲテがその噂を信じているなら、帰してやれ」アトランは無愛想にいった。「というより、無理にでも帰すのだ。たとえ迷信でも噂でも、ほかの者を不安にするだけだから。おりる方法は自分たちでかんたんに見つけられるだろう」

モスカーはヘゲテたちのほうを向いてそう話した。そのあとも、ヘゲテはまだためらっていた。そのとき、かれらの決断に影響することが起こった。

前衛として標識灯を追いかけ、上に進んでいた鋼の兵士六体が突如、跡形もなく消滅したのだ。スタルセン壁が溶解し、兵士たちがそのなかへ消えていくのを、アトランは目《ま》のあたりにした。

その瞬間、ヘゲテたちを引きとめることはできなくなった。二名のドリル操縦士、ダムージンとヴィールプレンだけがのこり、それ以外のヘゲテは鋼の兵士十五体が下に連れて帰る。

アトランは急にからだが重くなりはじめたので、二千百メートルあたりまで登ってきたと判断した。一歩進んでよじのぼるごとに、ずっしりとした疲労が全身をつつみこんで強まっていく。

「まるで体重が二倍になったようだ」チュルチがあえぎながら告げた。「もう無理です。自分の体長ほどの距離を登るたび、体重がえらく増えてしまうようで」

「ここへのこれ」と、アトランは忠告した。

「あなたを見捨てたりしません」チュルチは毅然として答えたが、やがて脚をあげることさえできなくなった。まるで何トンもの荷重に耐えているかのように、一プラットフォームにしゃがみこみ、みじめに嘆いてみせる。「飛べたらいいのに」

「わたしは飛べる！」ウェレベルがすかさず叫んで翼を羽ばたかせた。「きみを乗せて深淵定数まで飛ぶ力は充分あるぞ、チュルチ」

だが、やっとの思いで翼をひろげ、よろめきながら岩棚のはしまで進んだウェレベルを見て、アトランが叫んだ。

「やめろ、ウェレベル！」

急いで助けに行こうとしたアトランも、からだが思うように動かない。あやうく墜落しかけたウェレベルを引きもどしたのは、鋼の兵士三体だった。

「飛ばせてくれよ！」ウェレベルはわめいて暴《あば》れた。

「深淵定数の影響です」モスカーが説明した。「全員、錯乱するでしょう……その前に重力に押しつぶされなければの話ですが」

アトランは納得してうなずいた。かれもまた、すでに何度か奇妙な幻覚を見ている。一度など、テングリ・レトスが目の前にあらわれたのかと錯覚した。べつの幻覚では、ジェン・サリクが金色のエネルギーを満たした細胞活性装置の姿でやってきたもの。この重力増大現象は、一メートルあがるごとに強まっていった。

付帯脳からの情報では、すでに三・五Gの負荷がかかっているとのこと。

「わたしひとりでやる」と、アトランはいった。「やらなければならないのだ」

その言葉どおり、ひとりで登りつづける。ところが、振り向くと、数メートルほど下にアル・ジェントフがいた。

「なぜそんなリスクをおかす？」アトランがたずねた。

「鋼の支配者に会いたい。どれほどの人物かこの目で確認したいのだ」と、答えがある。

アトランは重い息を何度か吸いこみ、また登りはじめた。しばらくあとで振り向くと、アル・ジェントフははるか下の岩棚にうずくまっていた。

〈五Ｇだ！〉付帯脳が知らせてきた。〈きょうは新銀河暦四二七年十二月八日〉

アトランは目の前が暗くなった。もう標識灯も見えない。新しい暗黒の時がはじまったのか？　いや、それにはまだ早い。この深淵年はまだ終わっていないのだから。

〈二千二百メートルをはるかに超えた〉と、付帯脳が告げた。〈危険な高度といっていい。ここからは深淵定数の心理圧力をまともに受けることになるぞ。幻覚は無視して、なにか現実的なものにしがみつくのだ。たとえば、きょうの日付に〉

漆黒がオレンジ色の燃えさかる炎に変わり、スタルセン壁が炎のなかに姿を消す。炎の舌には支えがない。アトランの手は炎を突き抜けて岩をつかんだ。千本の針に刺されたような痛みに叫び声をあげ、そのなかへ入っていく。

〈七Ｇ！〉と、付帯脳。ひずんだ長いこだまが嘲笑するように響く。〈七千Ｇ、Ｇ、Ｇ……！〉

アトランが入ったのは森だった。そこには空き地があり、背の高い緑の草が生い茂っている。無重力の地だ。ここに大の字になって寝ころがりたい！　かれはもうそのことしか考えられなくなった。

〈現実にしがみつけ！〉そう付帯脳がいうのが聞こえた。〈現実とはなんだ？〉

「七千G……」アトランは弱々しくつぶやいた。「七……七、二、四……二、四、七……新銀河暦。十二月。八日」

日付は現実だ。たとえ深淵では無効な数字でも、アトランにとっては宇宙との、そして現実との関連ポイントであった。

新銀河暦四二七年十二月八日！

数字と文字が脳内で燃えあがり、森が消滅する。無重力の地もなくなった。スタルセン壁の冷たく滑らかな壁面と、深淵定数の殺人的圧力だけがのこる。

八G……八日……十二月……NGZ……四……

アトランは倒れ、からだをしたたかに打ちつけた。その痛みに正気を呼びもどされ、やっとの思いで頭を持ちあげると……目の前にグレイの霧の海がひろがっていた。なにもかもがグレイのグレイ世界。グレイの霧から人影があらわれ、ヒューマノイドの姿になる。一本の腕が伸びてきて、ひとさし指が合図する。

〈くるのだ……もう遠くない……〉

きょうは何日だ？

何時だろう?

ここはどこだ?

ああ、海底ドームか。ロボット自動装置によって目ざめたのだ……そしていま、ユーフラテスとチグリスというふたつの大河にかこまれた土地へと出ていく。バビロンへと。

〈それははるかな過去だ!〉論理セクターが警告した。〈現在のことだけを考えよ〉

ここはどこだ?

きょうは何日だ?

〈新銀河暦四二七年十二月八日〉

アトランは移動しつづける。突然、翼をつけたように軽《かろ》やかになった。からだはほぼ完全に破滅されたはずだが。正面玄関から入っていく……ここは……ここは……

ここはどこだ?

周囲を見まわす。

アトランはスタルセン壁を登りきり、そこからとっくにはなれていた。壁ははるか後方にある。

ここは……ケスドシャン・ドームだ。

〈現実ではない!〉と、付帯脳が思いださせる。

きょうは何日だ?

ここはどこだ？
NGZ四二七年十二月八日！
そのとおり！
ケスドシャン・ドームにいる！
アトランの精神は完全に崩壊してしまったようだ。

深淵の騎士たち

エルンスト・ヴルチェク

プロローグ

開いたアーチ門をくぐったとたん、アトランは自分の理性を根底から疑った。

「わたしがドームだ。レトス＝テラクドシャンだ！」

頭上高く、丸天井から聞こえてくるとおぼしき肉体のない声がそう告げたのだ。

アトランはスタルセンの都市外壁をたったひとりで最後まで登りきり、深淵定数を象徴する雲の層の真下から壁の内部に到達した。同伴者たちは途中で脱落せざるをえなかった。

数Gあった圧力は瞬時に消え、アルコン人のからだは宙に浮いたと思えるほど軽くなった。まだ精神的な圧力は歴然とのこっているが、論理セクターはこう保証した。

〈これですべての負荷から解放された。いまいる場所はケスドシャン・ドームだ〉

付帯脳がおかしくなったにちがいない！

アトランは一度もケスドシャン・ドームに行ったことはないが、《バジス》乗員の説明でなかのようすは知っていた。

それでもなお、ここがケスドシャン・ドームであるはずはない。

二千三百メートルを登りきったとはいえ、ケスドシャン・ドームは銀河系から八千六百万光年はなれたノルガン・テュア銀河、イグマノール星系の第三惑星クーラトにある。

そこはいったい、深淵とその都市スタルセンからどれほどはなれているのか？ 距離をしめすのはまず無理だろう。深淵は通常宇宙の〝下〟の異次元にあるのだから。

「ようやくきたのだな、アトラン。うれしいよ」レトス＝テラクドシャンの肉体のない声が響いた。

アトランは無人のドームのなかにひとりいて、からかわれているように感じた。

「これは現実で、ほんもののケスドシャン・ドームなのか？」と、半信半疑で訊く。

「そうだとも、そうでないともいえる」レトス＝テラクドシャンの声が答えた。「あなたはスタルセン壁をはなれておらず、まだ壁のなかにいるのだ。だが、この場所にはケスドシャン・ドームと同じ条件がそろっている」

「たんなる幻想ではないのだな？」

「それをはるかに超えるものだ」

アトランはベンチのあいだの通路を歩いてゆっくりと壇上へ進んだ。つまり〝ケスドシャン・ドームで待っている〟というレトス＝テラクドシャンのメッセージには、象徴的な意味以上のものがあったということ。だが、それはなんのためだったのか？　レトスが自分の二重意識を深淵でハトル人の姿にプロジェクションするため、関連ポイントとしてドームを必要としたのか？　もしそうなら、なぜその姿であらわれないのだ？

「なにか障害があるのかね、レトス？」と、アトランはたずねた。

「ふたつある」肉体のない声が答えた。「ひとつは自分で背負ったもの、つまりケスドシャン・ドームだ。ふたつめはわが状況が生みだしたもの。自分の陣地を守らなければならないのだ。あなたがわたしを見つけたのは絶好のタイミングだった」

アトランはこの言葉にいささか混乱した。レトス＝テラクドシャンは通常時間で十八カ月前、鋼の支配者としてスタルセンに姿をあらわした。スラケンドゥールンがノルガン・テュアから姿を消したのとほぼ同時だ。当時、銀河系船団は無限アルマダとともにM－82に漂着したところで、究極の謎の最初のふたつの答えを知るにはまだほど遠かった。レトス＝テラクドシャンが跡形もなくクーラトから消えたのは、NGZ四二六年六月のこと。

しかし、それはアトランにとってたんなる記憶にすぎない。かれの意図はもっと違うところにあった。

「きみは自分の障害を最初からわかっていたはず」と、アトランはいった。「つまり、われわれの到着をずっと予想していたのか？」

「最初はジェン・サリクとペリー・ローダンが会合するのだろうと思っていた」レトス＝テラクドシャンが答えた。「カルフェシュがわたしを訪ねてケスドシャン・ドームにきたとき、はっきりいわなかったから」

「なるほど、カルフェシュか」アトランはいぶかしげにいった。

かれはまさに、ソルゴル人が目の前にいるように思えた。入口から入ってきて、おちついた足どりで壇に近づき、そこにあがって、ケスドシャン・ドームの守護者のプロジェクション体があらわれるのを待っていただろう。

アトランはそのすぐれた想像力で、レトス＝テラクドシャンが語る情景を具体的に思い描いていく……

1

レトスの語り

なぜカルフェシュがケスドシャン・ドームにきたのか、わたしはわかっているつもりだった。

スラケンドゥールンにまつわるいまわしい出来ごとを目《ま》のあたりにしても、ソルゴル人はきわめて冷静だった。ドームの静寂のなか、呼吸用の生体フィルターがときどきたてる音だけが、かれの内なる緊張をしめしていた。

とはいえ、それをゆったりした体勢でかくしていたが。

両腕を無造作にさげ、鉤爪のある七本指をゆるめ、幅のひろい顎を前へ突きだし、なにかを待つように立っている。そのようすは、二メートルの身長と相《あ》いまって堂々たるものだった。

それに対して、わたしも姿をあらわした。左右にはなれて顔の横についている、青く輝くような目でカルフェシュが見あげたのを見て、わたしは自分のプロジェクション体を壇上のかれのもとへ送った。

「きみに依頼したいことがある、レトス＝テラクドシャン」かれは柔らかく歌うような、ヒュプノ作用のある声で打ち明けた。

ヒューマノイドの姿と異質な外見のほかにも、われわれには共通点がある。ともに正義のために奉仕しながら、長く波乱に富んだ人生をすごしてきた。ただ異なるのは、かれがすでに数百万年前からコスモクラートの使者として職務をはたしていること。わたしのほうは、ケスドシャン・ドームにきて監視騎士団の創設者テラク・テラクドシャンの意識と合体してからようやく、コスモクラートに仕えるようになったのだが。

「スラケンドゥールンがどうなったのかは聞いている」と、わたし。「遺憾ながら、集合場所での勢力形成がまにあわず、新ヴィールス・インペリウムを破壊できなかった。新ヴィールス・インペリウムにヴィシュナ成分が内在すると判明したときには遅すぎたのだ。ヴィシュナがヴィールス・インペリウムを奪取したのは、だれのせいでもない」

「コスモクラートは犯人探しはしない」カルフェシュはしずかに答えた。「わたしはほかの用件でここにきたのだ」

「ヴィシュナがテラを文字どおり輪切りにすると脅してきた」と、思いだしてソルゴル人にいった。「だれかが故郷銀河と人類にさしせまる危険を警告しなければならない。ヴィシュナは本気だ。わたしの計画では、《バジス》の粉塵《ふんじん》人間およびキウープたちヴィールス研究者数人とともにテラに飛んで……」わたしはある予感がして、そこで言葉を切った。「きみが言及した用件は、ヴィールス・インペリウムと関係しないのか？」「ひろい意味では関係する」と、カルフェシュは答えた。「スラケンドゥールンでヴィールス・インペリウムの部分的再建に参加した者は全員、コスモクラートの庇護下にあるから。レトス＝テラクドシャン、きみの道はテラではなく、深淵につづいている」「深淵？」と、わたしはたずねた。「監視騎士団と密接に関係する言葉だが？」「実際にそうなのだ」と、カルフェシュ。「だが、それを説明するためには、さらにさかのぼって話をしなければならない」

それからかれはわたしに宇宙論と、宇宙関係の年代学についての洞察をしめしたが、ここではかいつまんで話すことにする。かれはこういった。

「進化をタマネギの皮モデルで説明しよう。ビッグバン、ガス、物質、化学結合、単細胞生物、多細胞生物、霊長類、ホモ・サピエンス、超越知性体、物質の泉、コスモクラート……次になにがくるか？

これに対して、宇宙をまとめている基本相互作用がある。電磁気力、弱い力、強い力、重力にくわえて、プシオン流というものだ。この力は、見かけはもっとも弱い。ところが、宇宙に活気があるのはこのプシオン流のおかげなのだ。これはハイパーエネルギー・フィールドのかたちでネット状に流れている。その結びつきは、より強く見えるすべての力よりも強い。

ヴィールス・インペリウムのヴィールスは最初からこのプシオン性相互作用に合わせて調整され、これを利用可能にするために特別な方法で能力をあたえられている。

プシオン・フィールドは遺伝子コードに似て、ある種の二重らせんのかたちで宇宙を網羅しており、モラルコードと呼ばれる。このモラルコードは別名、無限の守護者《アルマダ》として知られている。

コスモクラートの最初の使命のひとつは、このプシオン・フィールドを保護するために補助種族の警備艦隊をさしむけることだった。その使命は、モラルコードのいかなる種類の突然変異も防止すること。また、自然発生変異の場合にはこれを修復することだ。

あるとき、この警備艦隊が自分たちの義務をおこたる事態が生じた。〝トリイクル9〟という名の守護すべきプシオン・フィールドが変異を起こし、モラルコードの二重らせんから消えてしまったのだ。これにより無限のアルマダが損傷したため、宇宙の分極化のバランスが崩れる危機が迫った。

トリイクル9の消失に気づいた警備艦隊は、この突然変異したプシオン・フィールドを探しはじめた。数百万年かけて捜索するうち、艦隊は迷走し、同時にもともとの目的が忘れ去られていく。そして現在、この警備艦隊は〝それ〟の力の集合体に姿をあらわし、誤って無限アルマダと呼ばれるようになったのだ。

トリイクル9の消失後、コスモクラートはある補助種族に、損傷したモラルコードを修復するため、突然変異したプシオン・フィールドの代替品をつくるよう依頼した。この種族は超越知性体への進化を目前にしていた。かれらこそ、時空エンジニアとして知られる存在だ。

さらにコスモクラートは数百万年前、混沌の勢力に対する防衛組織を設立するようポルレイターに依頼した。災《わざわ》いに満ちた活動を展開していたトリイクル9、すなわち〝フロストルービン〟を見つけだしたのもポルレイターだ。

二百二十万年前、ポルレイターは最終的にフロストルービンの封印に成功した。これによってかれらはその義務をはたし、M-3に帰還した。後継組織が生まれる機は熟し、ハトル人テラク・テラクドシャンが深淵の監視騎士団を設立する。その本拠地は惑星クーラトの、ポルレイターが建設したケスドシャン・ドームと定められた……」

この話をカルフェシュから聞いたとき、はっきりわかった。当時ペリー・ローダンが必死で探しもとめていた、三つの究極の謎の最初のふたつの答えを、カルフェシュが間接的にわたしに教えたのだと。

〝フロストルービンとはなにか？〟

プシオン・フィールド、トリイクル9。モラルコードの二重らせんの一部だ！

〝無限アルマダはどこにはじまり、どこで終わるか？〟

はじまりも終わりもない。モラルコードの二重らせんであり、宇宙を網羅し、それ自体で完結しているのだから。

「ペリー・ローダンは、究極の謎の最初のふたつの答えを知っているのか？」わたしは即座に問うた。

「適切な時期になれば、かれにも知らされるだろう」と、カルフェシュは答え、顔の八角形の皮膚片をすこしゆがめてつけくわえた。「きみが深淵の騎士に答えを教える機会はあるまい」

「だがわたしには、三つめの究極の謎の答えを要求する権利があるはず。〝法〟はだれが定め、いかなる働きを持つか？」

「その答えは、きみの使命に必要ない」

「では、わたしはなにをすればいいのか？」

「深淵に行ってもらう。もともとトリイクル９があったところだ」

「かつて警備艦隊が巡察していたところへ？」わたしはおもしろがってたずねた。「艦隊のかわりをしろということか？」

「その処置はもう遅すぎる」と、カルフェシュ。「警備艦隊が配備されたのはトリイクル９のごく一部がこの宇宙に突出していたポジションだ。消失したのはその突出部なのだが、トリイクル９というプシオン・フィールドの主たる部分は、別次元……深淵にある。そこでは時空エンジニアがトリイクル9の代替品をつくろうとしてきた。しかし、もうずいぶん前から、かれらは予想外の問題と格闘している。コスモクラートへの連絡もとだえたため、状況がどうなっているのかわからないのだ。深淵に送った偵察員ももどってこなかった」

「なるほど」と、わたしは答えた。「わたしは次の偵察員として派遣されるのだな」

「それだけではない」と、カルフェシュ。「コスモクラートが期待しているのは状況報告だけではないのだ。トリイクル9の代替品をつくる作業ができるかぎり早く終わるよう、時空エンジニアを助けて困難を解決してほしい」

「ずいぶんかんたんにいうが」わたしは驚いた。「超越知性体への進化をひかえた種族が数百万年かかってできなかったことを、どうしたらわたしができると？」

「もちろん事情はすこしばかり違う」カルフェシュはやや機嫌を損ねたようだった。「コスモクラートは時空エンジニアから、深淵の地の制御が不可能になりそうだという救難信号を受けとった。原因は、この別次元における〝深淵作用〟と呼ばれる影響で、正常な生命体がべつの存在形態……いわゆるグレイ生物に変化してしまうのだ。時空エンジニアはもう長いあいだ、この深淵作用と格闘してきた。グレイ生物の発生が深淵への立ち入りを著しく困難にしているらしい。かつて時空エンジニアは、この宇宙から補助種族を応援として深淵の地へ呼ぶことができたが、それもずいぶん前からできなくなっている。コスモクラートへの救難信号も、ようやく最近になって送られてきた。グレイ生物が拡大しつづけ、時空エンジニアの作業を妨害しているようなのだ。このままだと、トリイクル9はもとの場所にもどれなくなる。それがさらなるモラルコードの損傷を引き起こしかねない」

「わたしの知るかぎり、フロストルービンはいまも厳重に封印されたままだが」そう反論したが、カルフェシュは耳を貸さず、説明をつづけた。

「たとえ事実がその反対をしめしていようとも、近いうちにトリイクル9をもとの場所にもどすチャンスはある。くわしいことは訊かないでくれ。わたしも知らないのだ。重要なのは、それを時空エンジニアに知らせて適切な準備させること。きみは深淵の騎士として、またテラク・テラクドシャンの意識搬送体として、目的地である創造の山に到達するための前提条件をすべて満たしている」

「創造の山？」わたしはくりかえした。「ほかの偵察員も同じ道をたどったのか？」

「いや、かれらは従来の道を通り、深淵穴を経由して深淵リフトを使った」と、カルフェシュは告げた。「だが、この道はかなりあやういと思う。時空エンジニアはあるとき、創造の山の、かつてトリイクル9があった地点にいわゆる次元の橋をかけることに成功した。きみがそれを使って時空エンジニアのところへ行ければ、同じ方法でふたりの騎士もあとを追うだろう」

「それならなんとかなりそうだ」いま生きている深淵の騎士は、ジェン・サリクとペリー・ローダンのふたりだけだ。サリクはプシオンによる騎士任命をわたしより前に受け、ローダンの騎士任命式は、わたしがすでにケスドシャン・ドームに合体したときだった。「ペリーとジェンがいっしょなら、どんな問題も解決できるだろう」と、つづけていう。「コスモクラートは騎士の名前も派遣時期もあげていないが、ペリー・ローダンはべつの場所で緊急の任務についているかもしれない」と、カルフェシュ。「そのため、まだ最後のしあげを終えていない騎士がかわりに送られることになるだろう。きみは深淵におもむく前にできるかぎり大量のドーム・エネルギーをとりこんでおくように。さらに、ドーム地下の丸天井から好きな武器を選んで持っていくといい」

騎士の資質にふさわしい者の名なら、十数名は思いつける。そこでわたしは、サリクの同行者についてもっと正確な手がかりを教えるようカルフェシュに迫った。だが、かれは、コスモクラートでさえだれにするのかはっきり決めていないのだと主張した。

「もうひとつ、注意しなければならないだいじな点がある」カルフェシュはいった。「きみのプロジェクション体は深淵でも保持できるが、深淵において異質な物質を持ちこむことはできない」

「それでは武器を持っていけないではないか？」

「持っていける。ただし、記憶というかたちで」カルフェシュは答えた。「深淵が孤立してからというもの、この法則をすり抜けることはできない。選んだ武器を精神に刻みこみ、必要に応じて現地の時空エンジニアにつくらせるのだ。きみの思考にある見本をなぞって。それほどむずかしいことではないだろう」

「かなり不利な条件だな」と、わたしは答えた。「深淵の地について、トリイクル9の代替品について、もっと情報が必要だ」

「時間がない」と、カルフェシュ。「必要な知識はすべて時空エンジニアがあたえる。準備にかかれ。それも急いで」

「数百万年がかりのプロジェクトを、数時間か数日でなんとかしろというのか！」わたしはカルフェシュを非難した。

「時間とは相対的なもの。いったいだれが、実際に時間をはかったり、時間とはなにか説明したりできるだろう」カルフェシュの言葉は意味ありげだった。

＊

ドーム地下の丸天井空間では、セト＝アポフィス要素に勝利したのち、すでにプシオン性迷宮が消滅していた。ほかにいくつか変わったこともあるが、ポルレイターの遺産はまだ相当な量がのこっている。

技術設備や機器の多くは使用不可能だが、充分なデータと構造原型、信じられないほどの知識が保存されていた。

わたしはドーム管理人数名を丸天井空間へ派遣し、精神存在のかたちでかれらとともにいたので、プロジェクション体は不要だった。

その方法で見てまわり、深淵のような異次元で役にたちそうな武器や装備品を探すあいだ、さまざまなことを思いださずにはいられなかった。

ポルレイターの装置は、すでにセト＝アポフィスからあれこれ悪用されている。宇宙ハンザとの戦いで使われた時間転轍機《てんてつき》とコンピュータ悪性セルは、ここから持ちだしたものだ。プシオンによる騎士任命式の前にこの丸天井ホールを訪れたペリー・ローダンは、細胞活性装置、フィクティヴ転送機、ライレの〝目〟さえ、出どころはここだろうと考えた。これらは疑いなく、コスモクラートの技術の粋を集めたものだから。

だがペリーの推測がどの程度まで正しいのか、わたしには判断できない。テラク・テラクドシャンの意識搬送体として、かつての深淵の騎士全員の精神を自分のなかにまとめてはいるのだが。

武器装備の構造を記憶しているさい、あるとき管理人たちが丸天井空間から運んできた奇妙な立方体のことを思いだした。そのなかには、ポルレイター種族のあらゆる攻撃的要素が一体化された存在、コジノが入っていたもの。このような〝パンドラの箱〟を装備として持っていきたくはない。その理由から、非常に用心深く選択作業をした。

だが、細心の注意をはらったにもかかわらず、選んだものはけっこうな量になった。たとえば、あらゆる用途の大小さまざまなロボットだ。昆虫のような小型ロボットから〝怒れるポルレイター〟と自分で名づけた強力な戦闘マシンまで、ひととおりそろえた。もちろん地上車や飛行車輛、転送機のような輸送手段のことも考えた。深淵の地の状況や、その地を支配している自然法則についてまったく無知なので、幅ひろい輸送手段を記憶する。

各種武器にくわえ、防衛装置もあった。たとえば異次元に特化して調整した防護服や、未知の場所で安全を確保するための宿舎など。

さらに、異次元用の食糧備蓄も必要だ。自分のぶんだけでなく、あとからくる深淵の騎士のぶんも忘れてはならない。この目的に、リサイクル装置はうってつけだった。

装備をまとめ終わってみると、なんでも自由に選べたこともあり、われながら度を超した大荷物になった。だが、どれひとつとして不要なものはない。

準備が終わって、わたしはふたたびケスドシャン・ドームにおもむいた。

カルフェシュは辛抱強く待っていた。

「心がまえはできたか、レトス＝テラクドシャン」と、かれはいった。「精神をひろく開くように。おのれを見失うな、レトス＝テラクドシャン。きみはドームなのだ！」

質問は不要だった。なぜならカルフェシュの意図がわかったから。

わたし自身がケスドシャン・ドームということ。精神力をすべて注《そそ》ぎこんでドームとなるのははじめてではない。

ほかのどの祝典でも同じだが、このときもプロジェクターが作動してドームの丸屋根が揺れた。わたしの一部もとりこんだこの振動は、ノルガン・テュアの上にひろがり、銀河をこえて伝播する。

「精神を開くのだ、時空エンジニアの指向性インパルスに向けて」

そう話しかけたのがカルフェシュかどうか、精神存在に移行していたわたしにはわからない。メッセージだけが聞こえた。わたしはドームの振動とともに揺れ、永遠の彼方に向かって外へ出た。クーラトにいる感受性の高い生物たちには、なんらかのプシオン作用があっただろうと知りながら。

わたしはドームとなり……ドーム・エネルギーで満たされていた。

そのとき、コンタクトがあった。

インパルスを受信したのだ。とうに忘れていた深淵の騎士コードをふくむインパルスで、時空エンジニアが送ってきた合図だと信じこんだ。

それに集中し、誘導されるがままに身をまかせ……気がつくと、罠に捕らえられていた。

わたしは自分がどこを向いているのかも、どこにいるのかさえ、わからなかった。わかるのは、クーラトのケスドシャン・ドームとのつながりを失ったことだけ。わたしはまだ自分のなかにドームを内包していたが、いまいる場所は深淵のどこかだった。

それから、わたしを捕らえて精神を呪縛し、そのかたちを変えようとする力を感じた。きわめてネガティヴで破壊的な力だ。

深淵作用にちがいない。いかなる関連ポイントも持たなかったわたしは、この力の出どころを突きとめられず、虚無のなかに捕らえられた。

そこには〝創造の山〟という概念に合うものはなにひとつなく、もうすぐ超越知性体に進化するようなポジティヴな観点を持った存在も皆無《かいむ》だった。だが、なにかがあることはたしかだ。虚無の印象は徐々に薄れていき、わが精神をむしばむ破壊的な力がしだいに〝見え〟はじめた。

グレイ生物だ！

だが、そのグレイ生物がはっきりと見えてくる前に、光源がひとつあらわれた。どんどん大きくなり、爆発して、金色の粒子が滝のように流れ落ちた。

〈わたしはヴァジェンダ〉テレパシーの声がそう告げた。〈グレイの領主たちがあなたを待ち伏せして、罠におとしいれたのです。わたしなら助けられますが、そのためには、あなたが自分の精神を解きはなたなければなりません。よけいな重荷をすべて捨てなさい〉

この時点でわたしはヴァジェンダが何者かまったく知らなかったが、それまでにわかったことがあった。この存在はヴァイタル・エネルギーの供給をになっている。それが唯一、深淵作用すなわちグレイ生物への変化に対する防衛になっているのだ。

〝重荷をすべて捨てなさい！〟

その言葉がわたしにとって意味するのは、装備の記憶を放棄するか、ドームのエネルギーを自己防衛のために使うこと……あるいはその両方が必要になるかもしれない。ためらっているうちに、深淵作用が最大になるだろうから。

わたしは装備の放棄を決意し、記憶の一部を捨てた。

その効果はすぐにあらわれ、しかも驚くほどであった。わたしは金色のヴァイタル・エネルギーのなかを進み、どこかへ放射された。

実際にはゼロ時間で進行したこの移動中、これから向かう場所についてヴァジェンダが基礎知識を授けてくれたので、状況に充分順応できたと思う。

わたしはスタルセンの歴史のおおよその経緯と同時に、階級制度の影響、都市が深淵の地やわれわれの宇宙から孤立していることを知った。その後もヴァジェンダがときおり連絡をくれたので、知識はさらにひろがった。

わたしは都市外壁内に四つある転送ゲートのひとつのなかに実体化し、きょうまでそこを占領している。深淵ショックから回復したのち、この牢獄から出るチャンスもあったが、さまざまな理由から、可能性がせばまることを承知でここにとどまったのだ。それに、ヴァジェンダから受けた任務もある。

〈スタルセンをグレイ領域にしてはなりません！〉

＊

幕間劇《まくあい》

アトランはレトス＝テラクドシャンの言葉を注意深く聞いた。さまざまな話が格別の興味を引いた。ハトル人の描いた宇宙論的な概念モデルもそのひとつだ。

それが自分にとって新知識かどうかはべつとして、アルコン人にはいくつかの点でべつの観点からものごとがしめされた。とくに、コスモクラートの操作は典型的であるように思われた。

なぜ、かれらはただの一度も完全な真実を口にしなかったのか？

カルフェシュが自分とジェン・サリクをコルトランスに連れていったとき、レトス＝テラクドシャンが深淵で待っていることにひと言も触れなかった理由もわからない。

ひょっとしたら、自分たちに誤った希望を持たせまいとしたのか。すでにその時点で、創造の山への到達がうまくいかないと確認されていたから。おそらくそのこともあって、自分たちも深淵穴を通るコースで深淵に派遣されたのだろう。

そうだとしても、カルフェシュはすくなくともレトス＝テラクドシャンの運命には言及できたはずだ。

「コスモクラートたちが進んで情報提供しているとはいいがたいな」と、アトランはいった。かれらがレトス＝テラクドシャンに究極の謎の最初のふたつの答えをしめしたとき、オルドバンの監視艦隊とフロストルービンにまつわる出来ごとを明かさなかったのもそうだ。

アトランはすでにそのことは知っていたので、クロノフォシルの意味と、それを用いてトリイクル9をもとにもどそうとする計画について、また、それを阻止しようとする〝エレメントの十戒〟について語った。

「コスモクラートには未来が見えるのだと、ほぼ信じる気になったよ。フロストルービンをもとの位置にもどす計画にも納得した」と、アトラン。「その根拠は、トリイクル9の帰還に向けて時空エンジニアに準備させるため、きみがすでに深淵に派遣されていたことだ」

「わたしはそのことに触れただろう？」レトス＝テラクドシャンの肉体のない声がいっ

た。

「カルフェシュは当時、トリイクル9が帰還しないこともありうるが、だからといって準備中の対策をほうりだすわけにはいかないと考えたのだ。それは一理ある。だが、あなたの言葉から推測するに、チャンスはなさそうだな」

「ところで、深淵そのものはどうなっているのだ?」

レトス＝テラクドシャンはふたたび記憶をたぐりよせはじめた。アトランがそこから得た内容に、革新的な新情報は見あたらなかった。とはいえ、レトス＝テラクドシャンの視点から見た興味深い詳細をいくつか知ることができた。

2

レトスの語り

　スタルセン壁はフォーム・エネルギーでできていた。テルコニット鋼よりもすぐれた性質と抵抗力をそなえているが、質量ははるかに軽い。その内部ではいくつもの設備がフォーム・エネルギーの密度と硬度をコントロールしているため、巨大な都市外壁をこえることはだれにも不可能だ。

　わたしはほかの転送ゲート三つが封鎖されていることを知っていたので、その転送ゲートを占領した。それによって自分のプロジェクション体を断念しなければならないという障害を持つことになったが、そのかわり、転送機を脱出手段として確保しておける。

　さらに、スタルセン壁のフォーム・エネルギーを自分の目的のために使うことができた。フォーム・エネルギーの制御法もすぐに習得したし、自分の映像を壁に表示することもできるようになった。

　わたしはスタルセンの状況を把握したのち、持てるすべての手段を使って、ここの支配勢力と戦うことに決めた。

こうしてわたしは鋼の支配者となった。わが傭兵はロボットでなければならない。あつかいやすく、目立たないが戦闘力にすぐれたロボットだ。捨てずにのこした記憶の装備のなかに、あるロボットの構造原型があった。これが鋼の兵士として知られるようになる。

わたしは潤沢なフォーム・エネルギーを使って満足できる試作品をつくり、それをもとに鋼の兵士数百万体を複製した。

はじめて姿をあらわしたとき、わたしはすべての精神力を集中させた。自分の送ったメッセージがスタルセン全体にいきわたり、数十億名の住民にとどくように。それをスタルセン供給機を介して成功させた。ヴァイタル・エネルギー……強力なプシ人格を持つ者によって制御される力……からできた階級設備だ。

わたしは〝階級制度は死を招く〟のテレパシー・メッセージと自分の映像を、すべてのスタルセン供給機の上に表示させて、鋼の支配者神話をつくりあげた。

それとほぼ同時に、スタルセン壁沿いの辺境地区を鋼の兵士たちに占領させた。

その結果は知っているだろう。最初こそ大成功をおさめたが、状況は行きつもどりつし、そのまま現在にいたる。いや、しばらく前から大幅に後退しているといっていい。はじめはわたしの考えを全面的に支持していた者たちの多くが、おのれの利害で動きはじめている。

辺境地区では階級を象徴するものがすべて廃止され、そのかわりリサイクルが可能になった。この再利用システムはやはりわが記憶の装備のひとつで、深淵ショックのさいにのこしておいたものだ。だがこれは、いわば余録にすぎない。達成したことすべてをもってしても、わたしの無力さはかくしようもなかった。敵だけでなく策略をめぐらす者たちも、こちらの弱点に気づきはじめている。

鋼の兵士はしだいに子供だましの妖怪と化してきた。パラプシ能力が失われてマスクをプロジェクションできなくなるのも時間の問題だ。住民が慣れてしまったうえ、メッセージの解釈も改竄《かいざん》されている。

このような状況に対し、打つ手はない。わたしにはほかに優先すべきものがあるから。ひとつは転送ゲートの占領だ。また、たびかさなる敵の攻撃を撃退するため、多くの物質が必要となる。自分の陣地を確保し、スタルセン壁内部に堅固な砦を築くこともふくめて。そのために莫大な力を要するので、スタルセンの住民にテレパシー・メッセージを送りつづけて記憶にとどめさせるのを、あきらめるしかなかった。

わたしはカルフェシュが約束した援軍を待ち、深淵の騎士ふたりを迎えるために準備した。ともに、都市を支配しているグレイの領主ふたりと戦うために。

砦の中心はケスドシャン・ドームだ。クーラトのドームにいると感じられるよう、細部にわたるまでシミュレーションしてある。テラク・テラクドシャンがそれを可能にした！

ドームの入口はスタルセン壁の上方にある。深淵定数のすぐ下にいる者だけが入口を見つけられる。これは追加の保安対策だ。ケスドシャン・ドームはわたしが占拠している転送ゲートのすぐ上にあるのだが、スタルセン壁の迂回路を経由しないと入れないようになっている。

このケスドシャン・ドームこそ、わたしにとって真の障害なのだ。それを維持しようとすると、スタルセンの運命を変える力がそがれてしまうから。だが、アトラン、あなたがきてくれた。大きな犠牲をはらった甲斐《かい》があったよ。

いいや、すこし先走りすぎた。まだいくつか説明しのこしたことがある。

＊

スタルセンで鋼の兵士とわたしがゲリオクラートや友愛団と小規模な戦闘をしていたあいだ、陣営内の秩序をたもとうとつとめるだけでなく、ときどきべつの方向にも進撃した。

スタルセン壁の向こう側の状況がどうなのか、知りたかったのだ。

ヴァジェンダからときどき連絡があったので、スタルセンがほぼ完全にグレイ領域にかこまれていることは知っていた。グレイ領域は深淵作用にやられた地帯で、そこではすべての生命体が〝反生物〟になる。わかりやすくいうと、深淵作用によって、あらゆるポジティヴな価値がネガティヴに変えられるのだ。その反面、ネガティヴな意図はグレイ生物固有の構成要素なので、もとにもどることはない。

わたしはこれらグレイ生物たちと知り合おうとした。スタルセンをとりかこむものの強さを探りだしたかったのだ。だが、スタルセンはすでに数千年間、深淵の地から孤立し、ヴァジェンダが都市にヴァイタル・エネルギーを送りこむのを阻止している。信じられないほどの長期間、包囲は完璧だった。

わたしは思いきってスタルセン壁の反対側に進撃することにした。それに向け、記憶を探ってロボット車輛をつくりだした。自分の精神の力で操縦できて、常時通信が可能な車輛だ。さらに、ロボット車輛用の道路もつくった。スタルセン壁のフォーム・エネルギーを、自分のいる場所だけなら自在にあつかえる方法を習得していたので。

スタルセン壁が鋼に似た性質を持つのは中心地区側だけで、しかも厚みは二百ないし三百メートルと薄いため、かんたんに道が通せた。壁は中心地区から辺境地区に行くにつれて流動性を帯び、液化しはじめ、気化しているところもある。保護壁の外側は霧の壁で、深淵作用のグレイと渾然一体となっていた。

わたしがロボット車輛で突撃したときの測定値は、グレイ力が原因で都市外壁がゆっくりと分解していることをしめしていた。グレイ力は、いってみればフォーム・エネルギーをすこしずつ腐食させていたのだ。フォーム・エネルギーと深淵作用は、物質と反物質に似た性質を持つ。スタルセン壁は分解されつつあり、数千深淵年後には壁の数カ所が崩壊するだろう。

しかし、それはまだ先のことだ。それよりずっと早くスタルセンがグレイ領域になるか、あるいは、ヴァジェンダからのヴァイタル・エネルギーで都市が新しく生まれかわるか。

わたしは調査ロボットを送りだした。ロボットは都市外壁が深淵力と混ざり合う気化ゾーンに到達したが、そこで包囲群に発見され、あっさり対消滅《ついしょうめつ》させられた。

その前に送られてきていた映像は、並はずれて異質で恐ろしいものだった。スタルセンをかこむ土地全体が変質している。地面は穴だらけでいまにも崩れそうな塊りとなり、窪地には霧のようなものが堆積して、海綿状物体の規則的な膨《ふく》らみが埃《ほこり》っぽいガスの風に吹かれていた。

深淵作用がそこらじゅうで同じように植物相を突然変異させたのかは断言できないが、ひと目見ただけで、グレイ生物がスタルセンにあたえる影響を具体的に思い描くことができた。

この景観の変化にくらべれば、わたしが見た生物はまだ変化がちいさかった。すくなくとも、見た目は。かれらはいずれもわたしの知らない異なる種族のメンバーだったが、その外観からスタルセン市民だろうと思われた。

しかし、そこにはなにか根本的な違いがあった。どう違うのか言葉ではいいあらわしにくいが、違うことはすぐにわかる。

それはわたしの調査ロボットを襲った攻撃性でも、殲滅《せんめつ》のしかたにうかがえる徹底した冷酷さでもなかった。冷酷というのも、機械的という意味ではない。むしろ、かれらなりにきわめて生き生きと感情的で、情熱的でさえあった。まったくもって、どこかでグレイの領主に操られているマリオネットのようなようすはない。

それでも、かれらはまるで一体化存在のように殲滅作業にとりくんだ。個性が欠けているのだ。ただ、異物を滅ぼすという意志によってのみ生気をあたえられている。かれらを支配するのは、不安を呼びさますほどに一致した意志だった。

どの生物も同じことを望んでいる。同質でないもの、つまりグレイでないものの破壊だ。これらのグレイ生物はまるで、大波が次々と押しよせる海のようだった。嵐にあらがうことのできる波はひとつとしてない。そう、たとえていえばグレイ生物は、すべてが同じ単調なリズムにしたがう元素のようなものなのだ。

グレイ生物のバイオリズムには、ぞっとするほどの違和感があった。これは自然に反する生命体、反生物だ。

わたしはそれ以上外へ向かって進撃することはやめ、スタルセンのためにすくなくとも現状を維持しようと、自分の陣地を確保することに注力した。

そして、深淵の騎士ふたりの到着に向けて全力で準備した。転送ゲートの上の要塞を何度も拡張し、役にたちそうな設備を増設し、むだと思われる装置をとりのぞいた。

グレイの領主ふたりと小規模な戦闘をするよりも、わたしにはそのほうが重要だった。実戦は時間を要するし、疲弊し消耗するだけで、最終的に目的を達することはできない。違う方法でしかスタルセンを救えないことは明らかだった。

さらに、大規模攻撃には深淵の騎士の助けが必要だ。わたしは自分の陣地に拘束され、できるのは待つことだけだった。

五深淵年以上が過ぎてようやく、高地から訪問者がふたりやってきたという噂を聞いたのだ。

＊

幕間劇

「あなたたちを迎える準備は万端だ」レトス＝テラクドシャンは肉体のない声でいった。

「まずは見てまわってくれ。わが砦はケスドシャン・ドームだけではない」

アトランはきびすを返し、ならんだベンチのあいだにある通廊を通ってアーチ門までゆっくり歩いた。アーチを通り抜けると、幅のひろい円形の回廊でおちつきをとりもどす。この回廊から外の区域につづいていた。

「わが基地を直径二百メートル、高さ二百メートルの半球だと想像してもらいたい」レトスは説明をはじめた。「その中央にケスドシャン・ドームがある。周囲には宿舎、実験室、武器庫が設置されている。すべてフォーム・エネルギー製だ。ドームの下、つまり転送ゲートの真上が司令センターになる」

目の前でハッチが開き、アトランは円形シャフトに入った。反重力フィールド下へと運ばれていく。そのあとすぐ、べつのシャフト開口部を通って、驚くほどちいさい部屋にたどり着いた。直径十メートル、高さ五メートルほどだが、技術装備は一式そろっている。

湾曲した主スクリーンが壁の四分の一を占め、その隣りには小型モニターが十数台、さまざまな器具がそなえられたコンソールの上にあった。よく見ると、説明用の表示は深淵で使われるアルマダ共通語ではなく強者の言語で書かれていたが、アトランはかんたんに解読できた。

「この司令センターからなにができるのだ？」と、アトランはたずねた。「これだけの装備があれば、わたしが楽にスタルセン壁を登れるようにできたのではないか」

「わたしはここに存在するわけではない」レトス＝テラクドシャンは反論した。「それに、このセンターは自動制御だ。鋼の兵士を操縦し、送られてきた報告を評価し、統計を作成し、傾向を探る……それらの可能性を利用するのはわたしでなく、あなたとジェン・サリクだ。かれがここにきたあかつきには」

「ジェン・サリク！」アトランは思わず叫んだ。「かれがどうしているのか、調べなければ。ここから生命のドームにコンタクトをとれるか？」

「ゲリオクラートの生命のドームはもはや存在しない」レトス＝テラクドシャンは断言した。かれの声は、どこかはっきりしない方向から送られてくる。「ジェン・サリクのことなら心配は無用。かれはぶじだ。ヴァイタル・エネルギーを制御し、以前は孤立していたヴァイタル・エネルギー貯蔵庫ふたつを相互接続した。わたしともすでにコンタクトした」

「わたしもかれと話せるか？」

「その機会は今後きっとあるはず」レトス＝テラクドシャンはなぐさめた。「だが、その前にやるべきことがのこっている。サリクの行動に対して、グレイの領主が対抗手段に出てくるだろう。われわれはそれにそなえる必要がある。ケスドシャン・ドームにもどってくれ。道すがら、のこりの話を聞かせよう。もうそれほどのこってはいないが、知っておくべきだから。あることの背景情報として……」

レトスはそこで沈黙した。

「あることとは？」アトランは不安にかられた。

だが、ケスドシャン・ドームの守護者は返事をしないままだった。

＊

レトスの語り

鋼の支配者神話を維持するため、わたしは……正確には司令センターが……鋼の兵士をプログラミングした。暗黒の時のあいだだけ中心地区に進撃し、階級市民を狩りだすようにしたのだ。この作戦は実際の効用よりも心理的効果が大きい。

だが、わたしにとってなにより重要なのは、ゲリオクラートと友愛団を動揺させ、大がかりな反撃にそなえることだった。

とはいえ、鋼の兵士にプログラミングした進撃の周期自体が不都合をはらんでいた。高地から訪問者がきたという噂を聞いても、すぐに兵士を支援に向かわせられない。深淵年が終わるのを待たなければならないから。

そのために貴重な時間が失われ、まだ見ぬ同盟者が危険にさらされるのは必然だったが、わたしは拘束されていたため、思うように手直しできなかった。

それでも、さまざまな情報源から同盟者の居場所はつねに知ることができたし、かれらが勇敢に戦っていると知って安心した。しかもひとりは階級闘技を申しこまれたという。わたしはかれの勝利を疑わなかった。なぜなら、深淵の騎士はグレイの領主と比肩しうるのだから。それはやがてスタルセンで証明されることになるだろう。

そして、ついにまた暗黒の時がきた。

わたしは鋼の兵士を派遣した。

補足しておくと、わたしは暗闇の期間に特有の物理特性によって、ロボット傭兵を遠くはなれた場所に多数、派遣することができた。この方式はフィクティヴ転送機の原理にもとづいて機能する。つまり暗黒の時になると、フォーム・エネルギーを分解し、遠隔地で再物質化させられるわけだ。理由はわからないし、この現象をじっくり調べてもいないのだが……すくなくとも非常に役にたつ事実だとはいえるだろう。ただ、ほかの物質や有機体を同じように運ぶことはできない。もしそれが可能なら、同盟者を自分のところに呼びよせられただろうが。

さて、かれらがだれなのか、もうすぐ知ることになる。

鋼の兵士たちは、地区支配者オル・オン・ノゴンと肩をならべようという階級闘技の対戦相手のもとに到着した。わたしはそれがジェン・サリクだとわかった。こちらの姿を見せるよう兵士たちに指示したが、わたしがサリクのためになにかできるようになる前に、ゲリオクラートが介入したのだ。

同じ時期に友愛団のオクトパスでも事件が起きた。だが、その前にべつの出来ごとがあった。

　ヴァジェンダがふたたびコンタクトしてきて、わたしが約束した助けを強く要求したのだ。わたしはこの機会を利用して、ヴァジェンダを仲介者として引き入れた。それでどうなったかは知っているだろう、アトラン。ヴァジェンダがオクトパスであなたにコンタクトし、洞窟網への道を教えたのだから。わたしはあなたを護衛したロボット傭兵からはじめて具体的に知らされた。ふたりめの深淵の騎士がアトラン、あなたであることを。

　これですべてが計画どおりに運んだ。

　なぜわたしがあなたを洞窟網へ送ったのか疑問に思うなら、答えはかんたんだ。あなたとサリクはふたりとも細胞活性装置を持っている。それがヴァイタル・エネルギー貯蔵庫への入構証になると確信していた。そのとおりだったが、いまや、ふたりの細胞活性装置はそれ以上の力を発揮したことがわかった……

　さて、それでもなお目標までの道は険しく、さまざまな困難が横たわっている。とりわけ、わたし自身が自分に課した障害もあった。

　ケスドシャン・ドームのシミュレーションに固執《こしつ》したために、望むような力を充分発揮することができなかった。しかし、この犠牲は最後には報われた。

　あなたがケスドシャン・ドームにきたのだから、アトラン！

どんな目的が背後にかくされているのか、もうわかっただろう。どんな理由にせよ、あなたはクーラトへの道を一度も見つけることがなかった。

こういうこともままあるのだ。騎士がケスドシャン・ドームにこないなら、ドームが騎士のところへ行く。

あなたがここにきたのは、プシオンによる騎士任命式のため。深淵の騎士という地位を授かるのだ、アトラン。

覚悟はできたか？

「ノー」と、アトランは答えた。

3

チュルチはスタルセン壁をくだっていて道に迷った。その体格と体重のせいで、最初にかんたんだと案内されたのとは違う道を選んだところ、突然、目の前に恐ろしい断崖があらわれたのだ。振り返ると、ほかの仲間はだれもいなかった。

そこで、思いきってもう一度登ることにした。だが深淵定数の影響がおよびはじめると、それをふたたび乗りこえるのは無理だった。

アトランはどうしているだろう。鋼の支配者への道が見つかって、深淵定数に押しつぶされていなければいいのだが。

ウェレベルの名を叫んでみたが、応えはなかった。いっしょに壁を登ったほかの仲間の名前を大声で次々に呼んでみる。モスカー、イルロア、テデフェ・ゾーク、アル・ジェントフ。だがその呼び声は、だれに聞かれることもなくしだいに弱まって消えていった。

しかたなく、またひとりで道をくだった。目がまわるので下は見ないようにして。けれどもすぐに、命がけの壁登りツアーはまたしても断崖に阻《はば》まれた。突然、後退さえできなくなる。ほかの道も見つからない。

スタルセンははるか下にあり、都市の建物はまるでゲーム表にならべたブロックみたいにちいさく見えた。チュルチはこの光景に目眩《めまい》がして、壁の岩棚のすみへさがった。急に恐ろしくなる。

「アトランはきっと鋼の支配者に会えるだろう」と、ひとりごちた。「そうしたら、わたしをこの困った状況から救いだすよう、たのんでくれるさ」

けれども、時間が過ぎていくだけで、なにも起こらなかった。もっといい考えを思いつけるように、チュルチは詩をつくりはじめた。

「スタルセン壁のなかで
ケフモルツが待ち伏せしている……」

ケフモルツという語に具体的なことを思い浮かべたり意味を持たせたりしたわけではなく、自分の不安に名前をあたえるために選んだ架空の名だった。けれどもあまりにみじめで、それ以上の詩句は思い浮かばない。

そこへ突然、奇蹟のように鋼の兵士たちがあらわれた。かれらはチュルチの周囲を探ったと思うと、全員でとりかこみ、垂直の壁へと向かう。輪になり、六本脚のうち四本を伸ばして足がかりをつくった。

「アトランがおまえたちをよこしたんだな」チュルチは安堵して話しかけたが、鋼の兵士はなんの反応もしめさない。

足がかりがあっても楽ではなかったが、鋼の兵士の助けでなんとか断崖をわたりきった。反対側には水晶のかたちをした出っ張りが階段状に連なっており、チュルチはそれを伝ってたやすく下におりていけた。

鋼の兵士が壁のあちらこちらへと誘導する。できるだけ楽な下り道を選んでいるのだとすぐにわかった。

ついにもっとも高い建物の屋根の高さまでおりてきた。これで安心だ。あとは急勾配ながら幅のひろい斜路が都市外壁に沿って下へとつづいているだけで、文字どおり走りおりることができる。

スタルセン壁はふたたびチュルチを解放した。

「おお、堂々たる壁よ、定数の高みにとどく……」かれは賛歌を歌いはじめたが、すぐ黙りこんだ。武器をかまえてかくれ場から出てきたヘゲテ五、六名が見えたのだ。

「だれだ？」一トカゲ生物がどなりつけた。「どこからきた？」

チュルチが前足二本で上をさししめして説明しようとしたところ、べつのヘゲテが口を開いた。

「刺客《しかく》にちがいない。毛むくじゃらという説明が、このでぶと一致する」

「でぶとはどういう意味だ。わたしは理想体重だぞ」チュルチはいきり立った。「それに、わたしは刺客ではない。モスカーの護衛団の一員として、鋼の支配者の友を深淵定数の近くまで連れていったのだ」

「恥知らずな嘘を」チュルチをでぶと呼んだヘゲテだ。「深淵定数に近づいて生きていられる者はいない。ガーティンの手下に引きわたして報奨金をいただくとしよう」

「われわれのボスは伝道者エムサーだ」最初にチュルチに声をかけたヘゲテがいった。

「この毛むくじゃらをどうするかはエムサーが決める」

「わたしがそのボスに、鋼の支配者からよろしくと伝えてやるよ」チュルチがほらを吹くと、ヘゲテは一目おいたようだった。それでも、チュルチを虜囚のようにあつかった。

連れていかれたのは、転送ゲートからかなりはなれた周辺地域に立つ建物の上層階だった。

そこでは信じられないほどのあわただしさですべてが進んでいた。さまざまな素性の生物が忙しそうに行ったりきたりして、通りすがりになにか新しい情報を叫んでいる。チュルチには、かれらがたがいに事件の大きさを競い、勝負しているように思えた。とぎれとぎれに言葉が聞こえてはきたが、話の筋はまったく理解できない。ただ、ゲリオクラートと友愛団がいくつか敗北を喫したらしいことはわかった。

「……階級制度の終わり……おそらく……変節者……都市搬送システムが麻痺した……

スタルセン供給機……階級制度は死を招く……」

チュルチは二名のヘゲテに見張られ、ある部屋に連れていかれた。三名めがドアを開いてトカゲ頭をさし入れ、なにやら告げると、答えのかわりにドアが内側から完全に開いて不安げな生物が出てきた。青緑色の鱗《うろこ》におおわれ、翼を閉じている。

「ウェレベル！」チュルチは驚きとうれしさで叫んだ。「また会えてよかった」

「よろこぶのは早いぞ！」見張り一名がふたりのあいだに割って入る。

「恐がることはない」と、ウェレベルはチュルチにいった。「鋼の支配者がわれわれを守ってくれる。アトランは絶対やってのけたとわたしは確信している」

「むだ話はよすんだ」チュルチを連れてきたヘゲテが命じた。「入れ、でぶ」

チュルチは息をとめ、腹を引っこめながら堂々と六本脚で歩き、やや幅のせまいドアに向かった。器用に身をくねらせて通ったが、ドアの枠に引っかかってしまい、一ヘゲテに蹴り入れられる。ほかの者が笑った。

チュルチはホールのような部屋でおちつきをとりもどした。壁沿いに数十名の生物がたむろし、それぞれ武器の手入れにいそしんでいた。ほとんどがヘゲテだ。ホールの奥にクッションがうずたかく積まれ、その上に〝肉の山〟と呼べそうな一生物がうずくまっている。かたちの定まらない深紅色の塊りに見える。感覚器が適当にばらまいたようについていた。

そのとき、不定形の塊りから頭と胴体と二本腕が生じた。疑似体の頭とおぼしき場所でふたつの目が動き、鼻が飛びでて、口が開き、顔ができあがる。遠目からはアトランと似ているように見えた。

「伝道者エムサーだ」チュルチをここに連れてきたヘゲテが告げた。「でぶ、正直に話したら、再利用施設で餌《えさ》にされなくてすむかもしれないぞ」

チュルチは考えた。自分が〝でぶ〟なら、エムサーはどんなあだ名で呼ばれているのだろう。

「侮蔑的発言はやめろ」そういってエムサーは腕組みをし、上半身をかがめて問いかけた。「このポーズで、わたしが鋼の支配者に似ていると思うか？」

「いいや」チュルチはさほど考えもせず答えた。

「もうすこし考えてから答えるように」エムサーは忠告した。「もっとよく見ろ。本当に似ていないか？」

「ちっとも」チュルチは断言した。「鋼の支配者はもっと威厳がある」

チュルチがほっとしたことに、エムサーは大声をあげて笑った。手下たちも同調する。伝道者は頭と感覚器だけをのこして疑似体をもとの塊りにもどし、

「仲間のメイカテンダーとは違って、すくなくともおびえてはいないな」と、いった。「感心だ。だが、ここからは真実をいえ。きみは本当に鋼の支配者と会ったのか？」

チュルチは苦しまぎれの嘘はやめようと決めた。

「いや、鋼の支配者のところには行けなかった」と、白状した。「アトランのほかにはだれもたどり着けなかったと思う。高地からきたアトランは鋼の支配者の友だ」

「その噂は知っている」エムサーはうんざりしたようすで、「伝道者モスカーと読唇係イルロアからくわしい報告があった。同じ話は聞きたくない。だが、伝道者ガーティンが読唇係リットーから聞いたのはまったく違う話だ」

「それなら、わたしがいうことはなにもない」チュルチはがっかりした。「わたしの言葉になど、さしたる意味はないのだ。それでも、もうすぐ鋼の支配者が姿をあらわして真実を暴露すると確信している」

「われわれ、みなそれを望んでいる」エムサーは声を張りあげ、げっぷのように聞こえる音をもらした。「そろそろ鋼の支配者が決断をくだすころだ。スタルセンは変革の時を迎えている。いたるところで階級制度が機能不全におちいっていることを知らないのか？　転換ははじまっている。けれども鋼の支配者が介入しなければ、言語に絶するカオスとなるにちがいない」

「アトランの助けがあれば、鋼の支配者はカオスを阻止できる」チュルチはきっぱりいった。「だが、階級制度が機能不全という話ははじめて聞いた。都市搬送システムや市民防御システムやスタルセン供給機が機能しなくなったということか？」

「ほかの者たちのところへ連れていけ!」答えるかわりにエムサーは命令した。だが、すぐに考えなおしたらしく、命令をとり消してチュルチにこういった。「ついてこい」

伝道者がその塊りのようなからだを持ちあげて二十四本の疑似脚で立ちあがると、高さは四メートルになった。よちよち歩いて側壁のドアから出ていく。ヘゲテがチュルチに、ついていくよう合図した。

*

脚がたくさんある生物に歩調を合わせて通廊や階段を進むのは、チュルチには苦行だった。伝道者は道々、自分がヴーラー種族であること、チュルチと同じくスタルセンで同族を探しても見つからなかったことを語って聞かせた。

「きみはアル・ジェントフを知っているのだな。かれが階級信奉者であることも」階段の吹き抜けをあがりながらエムサーは確認した。「いまごろはさぞ機嫌を損ねているだろう。自分の隷属民が次々こちらに寝返っているのだから。ジェントフの地区ではメルッケ人が反乱を試みたし、ほかの地区でも階級設備が正常に働かなくなって以来、暴動が起きている。スタルセン供給機はめったに希望の品物を出さなくなり、市民防御システムはもう守ってくれず、都市搬送システムは確実な輸送手段ではなくなった。わたしにとってはきわめてよろこばしい」

「その気分にぴったりの歌を歌ってもいいが」と、チュルチが申しでた。

「それはなにかの冗談か？」

「なんでもない」チュルチは意気消沈した。「ゲリオクラートと助修士についてなにか聞いているか？」

「噂はあるが、本当かどうかわからない」エムサーは答えた。「三人組が全滅したらしいのだ。指揮する者もなく、能力が失われ、無力な個人にもどってしまったという。だがいちばん信じがたいのは、オクトパスが崩壊したという噂だ。そんなことが想像できるか！　オクトパスはスタルセンにふたつある権力の象徴のひとつなのだぞ」

「生命のドームについてはどんな噂がある？」

「似たような話だ。生命のドームはゲリオクラートの墓場になったと。第四階級の命がもうのびないなんて、できすぎた話だと思わないか。だれのせいでそうなったのだ？　鋼の支配者か？　目標を決めたのはかれだからな。だが、なぜ読唇係はその殲滅作戦のことを知らなかった？　なぜ鋼の支配者はわれわれに合図を送ってこなかった？　最後には、すべては権力階級市民の策略だったとわかるのではないか？」

「もっとかんたんな説明があるかも」そういってからすぐに、チュルチは後悔した。なぜなら、自分の考えていることはかんたんには理解も説明もできないからだ。

かれが考えたのは、ジェン・サリクが生命のドームにおもむいてそこにある力を操作する計画のこと。階級制度が崩壊しはじめたという噂が本当なら、サリクが成功したのだろう。

チュルチがほっとしたことに、かれの言葉の重要さをエムサーはまったくわかっていないようだ。

建物の最上階にたどり着き、エムサーは屋根へのあがり口の前でとまった。疑似肢の数を減らしてがっしりした二本脚をつくり、のこった部分のかたちを変えて、頭と腕のついた三メートルの塊りになった。

「きみは誠実な若者だ、チュルチ」エムサーはつづけた。「だからいっしょに連れてきた。わたしはつねに鋼の支配者の意志にしたがって行動するようつとめてきたが、しだいに支配者の存在自体を疑うようになっている。もしかしたら、友愛団かゲリオクラートがおのれの権力を完成させるための傀儡《かいらい》としてでっちあげたのかもしれない。わたしは何度もそう自問した。きみはどう思う、チュルチ？　判断できる自信はあるか？」

「もしあんたがアトランと知り合ったら、鋼の支配者の存在を疑うことはないよ」チュルチは決然と答えた。「アトランは、鋼の支配者は同じ高地人で友だと確言した。いまふたりがいっしょにいると、わたしは確信している。そこに三人めの仲間であるジェン・サリクが合流できたら、スタルセンは救われるんだ」

階級制度崩壊の幕を切って落としたのはジェン・サリクであるとつけくわえてもよか

ったが、話がややこしくなって説明もうまくできないから、やめておいた。

「それが真実なら、かれらはやがて姿をあらわすだろう」と、エムサーはいった。「真実がわかれば、きみはその証人となる、チュルチ。同時に利益集団間の力関係も判断できるだろう。鋼の支配者の決断を願おう！」

エムサーは屋根に登った。チュルチもヴーラーにつづいて屋外に出ると、まず目についたのは、走りまわる多数の鋼の兵士だった。およそ百名ずつ、三つのグループに分かれている。

その一グループは、グリーンの毛皮におおわれた長身瘦軀《そうく》の一生物のまわりに集まっていた。生物は長い脚を折り曲げてしゃがみ、大きな黄色い複眼と角質のくちばしがついた縦長の頭をからだの前方に突きだしている。頭はやはり折り曲げられた腕のあいだに埋まっていた。

「わが私的読唇係のラシュクだ」と、エムサーは紹介した。「残念ながら鋼の支配者を神秘化する傾向があるが。ほかの読唇係二名はもう知っているだろう」

鋼の兵士のあとの二グループのなかに、小人のようなメルッケ人がいた。一名はすぐにイルロアだとわかったが、もう一名はガーティンの読唇係リットーにちがいない。

チュルチはイルロアのもとへ駆けよろうとしたが、武装したヘゲテ二名にさえぎられた。

「きみたちが話し合うことは許されていないのだ」エムサーは気の毒そうにいった。

「この大騒ぎがいったいなんのためかはわからないが、鋼の支配者の意志が知らされるまたとない機会なのだろうな」と、チュルチ。

「それ以外には考えられない」エムサーもいう。

チュルチは平屋根から、ついさっきまであちこちさまよっていた都市外壁を見た。近くにある。どこかにアトランの合図がないか、くまなく探した。そのときはじめて、自分が転送ゲートの反対側にいることに気がついた。幅二百メートル、高さ四百メートルの開口部を閉ざす黒く恐ろしげなフィールドが、遠く右方向にひろがっている。鋼の兵士がアーチ門をこえて自分をあそこへ連れていったことに特別な意味はなかったのだと、チュルチは思った。そのことに特別な意味をあたえるべきなのだろうか？

エムサーが真実を知るべく読唇係を呼ぶ声が聞こえる。チュルチはイルロアを見た。イルロアは鋼の兵士を介してすでに鋼の支配者と接触し、かれの〝ここへきてくれ。わたしはあなたをケスドシャン・ドームで待っている〟というメッセージをアトランに伝えている。

アトランはいまやそのドームにいる。かれがレトス＝テラクドシャンと呼ぶ鋼の支配者といっしょなのだろうか？　チュルチはそう願うばかりだった。自分たち全員と都市スタルセンの未来が、ふたりにかかっているのだから。

「イルロアとコンタクトしてください、アトラン」チュルチはそうひとりごちた。

＊

イルロアは自信に満ちていた。

かれの案内で、アトランはスタルセン壁を登れるぎりぎりの高さまで行ったのだ。ほかの者はみな引き返すしかなく、高地人だけが最後の区間を登りきった。

それだけで充分、アトランが鋼の支配者の直接の同志であるたしかな証拠となる。アトランが支配者のもとへ行ったことをイルロアは確信していた。そういうわけで、これから明らかにされる真実を前にして不安はなかった。

以前は鋼の支配者が鋼の兵士を介して意志をあらわすことはめったになく、読唇係が即興を強いられることが多かった。陰謀家リットーのような者は、自由勝手に読唇するだけでなく、大部分は巧妙にでっちあげていた。だが、今回はたとえリットーがどんな術策を考えだしていようと、切り抜けるのは無理だろう。

鋼の支配者のそばに、同志かつ代弁者であるアトランがいるのだから。

そういう理由で、伝道者エムサーが読唇を開始する合図を送ったとき、イルロアに不安はなかった。

イルロアは鋼の兵士に意識を集中し、視線で呪縛した。傭兵たちは最初あてどなく右往左往していたが、やがて秩序のある列ができた。たちまちたがいの上に登りはじめ、十層にからだを積み重ねて壁をつくる。かれらの頭はイルロアに向けられていた。

「鋼の支配者！　鋼の支配者！」イルロアが大声で呼んだ。「奉仕者イルロアが呼びかけ、あなたの言葉を待っています」この言葉をもう一度くりかえしてから、本来のたのみごとを述べた。「わたしことイルロアは、スタルセン壁の深淵定数の真下まで、あなたの友アトランを連れていきました。アトランはあなたのところに、あなたが待っているといったケスドシャン・ドームに向かっています。わたしはアトランに同行したので、かれが自分の目的をはたしたことを知っていますが、その場にいなかったほかの者たちは、わたしの話を疑っている。鋼の支配者、レトス＝テラクドシャン！　アトランがそばにいるなら、奉仕者イルロアの前に姿を見せてください。あなたの友アトランがケスドシャン・ドームにいることを証明してください」

イルロアは黙って鋼の兵士の反応を待った。かれにとって、兵士たちの頭に鋼の支配者のマスクをつくらせるなどたやすいことだ。ほかの読唇係と同様、熟達していた。読唇するふりをして自分の考えを話すこともできる。

しかし、この出来ごとについてはかたく信じていたので、その手のトリックは不要だ。ところが……鋼の兵士はなんの反応もしめさない。かれらは鋼製のからだで壁をつくって硬直したまま、反応しなかった。

イルロアは必死で同じ言葉をもう一度くりかえそうとした。そのとき、ナドルスカー種族のラシュクが口をはさんだ。

「イルロアが読唇係失格だということの、これ以上ない証明だ。鋼の支配者はイルロアを無視している。かれは役たたずだと、前からわかっていた。わたしは鋼の支配者の意志を理解している。だが、リットーを出し抜くつもりはない。かれに役目を譲ろう」

リットーはあざけるようにラシュクに挨拶し、ついでイルロアのほうを向いた。その目には憎しみと勝利のよろこびが浮かんでいた。

イルロアはいつもリットーのやり方を公然と非難し、そのせいで反目している。このにせ読唇係があらゆる手だてをつくして自分を排除しようとしていることは知っていた。だが、もうどうでもいい。自分の負けだ。イルロアは、失敗の原因はなにかということだけを問いつづけた。アトランはドームにたどり着いて、鋼の支配者にここの状況を教えたにちがいない。それならなぜ、支配者は介入しないのだろう？

リットーがいつわりの呼びかけをはじめた。かれはいわばすぐれた俳優だ。その大仰《おおぎょう》な言葉と大げさな身ぶりだけで、観客は感動する。

イルロアはかれの言葉を聞いていなかった。チュルチをちらりと見て、視線が合うとすぐに目をそらす。アトランの友は自分をどう思っているだろう！　おそらく嘘つきだと思っているにちがいない。

この失敗によって、自分たちの状況はきわめて悪くなった。リットーはこちらを裏切り者に見せかけるよう、すべてをしくむだろう。

リットーは即座に攻撃にうつった。呼びかけを終えるか終えないうちに、鋼の兵士たちの頭がマスクをかたちづくったのだ。

リットーはひと息つくと、すぐに読唇をはじめた。それはもうまったくの茶番だった。無理やりつくられた鋼の支配者のマスクはなにもいわないのだから。だが、当事者以外にはわからないし、エムサーが感心するのも無理はなかろう。

もちろんラシュクも、リットーがいかさまの罪をきせられないよう用心しているはず。読唇係は持ちつ持たれつだから。せいぜい自分も読唇して対応するだろう。イルロアはこのとき、おのれが読唇係であることを恥じた。リットーの嘘と、それにまったく抵抗しない鋼の支配者。恥の気持ちより大きかったのは絶望感だ。

リットーは鋼の支配者の名において、いつわりの声で宣言した。

「わたしは判断をくだした。けれども、不信心者のためにいま一度だけくりかえす。友という隠れ蓑《みの》につつまれた者たちは、本当はわが仇敵《きゆうてき》である。そのなかのひとりがそばにやってきたが、もうすでに裁きは終えた。ほかの者たちも同じように、わたしに呼びよせられるだろう……」

イルロアは愕然とした。いったいリットーはどこまでやるのか。〝鋼の支配者がだれかを呼びよせる〟とは、死を意味するいいまわしだ。エムサーをそそのかして全員に死刑判決をくだすようしむけるとは、どれほど図太いのだろう！

　だが、リットーはさらに踏みこんだ。その計画の極悪非道さにイルロアが気づいたときにはもう遅かった。

「……犯罪行為の手助けをした者は、その地位にかかわらず全員、わたしが呼びよせる。読唇係であろうと、伝道者であろうと。全員だ！」

　イルロアは慄然として、リットーの呪縛のもとにある鋼の兵士が凶器をとりだすさまを見た。兵士たちがさまざまな方向に向きを変え、鋼のからだでできた壁が動きだす。

「これは裏切りだ！」ラシュクが叫んだ。武器の銃口が自分にも向けられたのを見たのだ。かれだけではない。イルロアが見ると、銃口は自分やチュルチにも、エムサーとその部下たちにも向けられている。

「鋼の支配者がおまえたち全員を呼びよせる！」リットーは勝ち誇ったように、自分の声で叫んだ。「ガーティンの敵は鋼の支配者の敵だ！」

　イルロアは撃たれる覚悟で目を閉じた。ところが、エネルギーが放出される音が聞こえただけで、痛みもなければなんの変化もない。目を開けてみる。

　鋼の兵士がいっせいにリットーのほうを向き、致死性の砲火を浴びせていた。

「これが鋼の支配者の声だ！」イルロアは安堵の吐息をついた。

次の瞬間、静寂のなかに遠く戦いの騒音が聞こえてきた。その音が大きくなり、急速に近づいてくる。

「これはまたどういうことなのだろう？」先ほどのショックからまだ立ちなおっていないエムサーが訊いた。

「ガーティンだ！」イルロアは答えた。リットーの死を合図に、権力に飢えた伝道者ガーティンがエムサーの支配地区を攻撃したのだろう。

「こんなことがあっていいものか」エムサーは屋根の縁に立って頸を伸ばし、家々のあいだで起こっている戦いを眺めた。ヘゲテの軍隊が行進してきて住民たちを武器で脅し、追いはらっている。反抗する者もいるが、失敗に終わった。

「鋼の支配者はなんらかの原因で、まだアトランとともにスタルセンの運命に介入する準備ができていないのだろう」と、イルロアはいった。「ここまできたら、ガーティンに反撃しなければ、エムサー」

「裏切り者をたしなめるぞ」エムサーはそう断言した。

幕間劇　4

「もう一度訊く、アトラン」レトス＝テラクドシャンの震える声がケスドシャン・ドームに響いた。「プシオンによる騎士任命を受ける覚悟はできたか？」

「先ほどの答えでわかりにくかったかな？」アトランは問い返した。「ノーだ。まだ心の準備ができていない」

「アトラン、もうすべて準備はととのっている」レトス＝テラクドシャンは食いさがった。「突然の翻意《ほんい》はなぜだ？　時間が迫っている。騎士任命式をそんなに長く延期することはできない」

「深淵の騎士となるよういわれたことは一度もないぞ」と、アルコン人は答えた。「だから、翻意というのは当たらない」

「だが、深淵で身を守るには騎士の資質が必要だ」ドーム守護者の声が主張した。「なぜ反対する？　納得のいく理由を聞かせてもらいたい」

アトランはからだに感じるドームの振動に対して心を閉ざした。この振動は、テラク・テラクドシャンのなかに合体している深淵の騎士全員の意識片によって強化されているのだが。

「正当な理由はいくつかある」アトランはそのテーマに意識を集中した。「わたしがその儀式に対していだいている懸念にはそれなりの理由があるのだ。まず、儀式自体がコスモクラートのやり方に反する」

「ジェン・サリクもペリー・ローダンも同じような疑念をいだいていた」レトス＝テラクドシャンはせきこんで、「かれらの判断を信じてはどうだろう？　ふたりとも騎士の資質を授かって悔いたことは一度もないのだから」

「ふたりはコスモクラートのことでわたしと同じような経験をしていない」アトランは反論し、声のトーンを高めてつづけた。「わたしは物質の泉の彼岸に行った。コスモクラートに呼ばれてクランドホルの賢人にされたのだ。わたしには、ふたたびコスモクラートにおのれを引きわたしたくないという充分な理由がある」

「それは理解できるが……それでも騎士任命を受けると決めなければ。そうすることではじめて、深淵の地の救済に貢献できるのだから」

「本当にきみに理解できるのか疑わしい」アトランは不機嫌にいい返した。「自分と似た経験をしたことがなければ、同じ立場に身をおくことはできないだろう。

アトランはコスモクラートに裏切られたと感じている。呼びかけに応じて物質の泉の彼岸に行ったが、コスモクラートのところに滞在していたときの記憶はない。かれらがその部分の記憶を消し去ったからだ。

それは自分の人格の一部が盗まれたようなもの。コスモクラートが自分にその記憶を持つことを認めないのは行為能力の剝奪だと、かれは受けとった。

アトランがコスモクラートに関わることすべてに懐疑的な態度をとる理由はほかにもある。かれに〝クランドホルの賢人〟の役目を押しつけたのは、ほかならぬコスモクラートだからだ。賢人として二百年ほど深層睡眠状態におかれ、つながれた巨大なスプーディ群とともに、クランドホル公国の精神的中枢を形成した。

賢人としての役目はアトランのなかに分裂した感情をのこした。コスモクラートが肉体の保存と精神的強化のためにとった方法については、甘んじて受け入れてもいい。だが、コスモクラートの流儀が本当に正しかったのかという疑念はぬぐえなかった。クランドホル人の文明に自分が影響をあたえたことに、心の奥底では同意できかねずにいる。

そのとき、肝に銘じたのだ。コスモクラートには二度と身も心も引きわたすまいと。

「そういうわけで、騎士任命を無条件で受ける気はない」アトランは断言した。

「どんな条件なら受けられるのか？」レトス＝テラクドシャンは訊いた。

騎士の資質が深淵での使命にとって重要であり、おそらく生死にさえかかわるだろうということは、アトランも理解している。だが、それはこの任務においてだけだ。

「深淵の騎士になれというなら、さしあたり深淵で任務をはたすあいだにかぎることを要求する」アトランはそう主張した。

「それはまた奇抜な要求だ」レトスの声がいった。「そんなことをしてなんの意味があるのか」

「よろこんで説明しよう」と、アトラン。「深淵での使命が完了したあとは、コスモクラートからの個人的依頼だけ受けるつもりだ。換言すれば、物質の泉の彼岸から直接、コスモクラート自身が命じる任務にかぎるということ。さらに、二度と洗脳されないことを強く要求する。どのような目にあっても自分の記憶を失いたくない。コスモクラートに操られるようなことは断固拒否する。そういう条件でしか、プシオンによる騎士任命は受けない。期限つきの騎士だ！」

ドームの振動がややおさまって、いくばくかの間があいた。ようやくレトス＝テラクドシャンが言葉を発した。

「当然ながら、わたしがコスモクラートの名において約束することはできない。だが、あなたはこの条件をわたしに託した。かれらが考慮するだろう」

〈これはまた賢明な方策だ！〉付帯脳が告げた。〈広範囲にわたる義務を負うことなく、深淵の騎士の特権をすべて享受できるのだからな〉

「それでは覚悟はいいか、アトラン？」レトスの声が聞いた。

「わたしが出した条件をのむなら……イエスだ」

＊

ジェン・サリクは満足した。物質化を解かれたヴァイタル・エネルギーがしだいにスタルセンの全地区から洞窟網に導かれ、ふたつのエネルギー貯蔵庫に流れもどったのだ。これで階級制度はすこしずつ粉砕されるだろう。スタルセン供給機は解体されてヴァイタル・エネルギーになり、エネルギー貯蔵庫へと向かった。都市搬送システムは思考命令に反応しなくなり、第三階級市民の呼んだエネルギー輸送球がスタルセン上空を滑空することもめったになくなった。市民防御システムも、もう機能しない。

こうしたかたちに物質化していたすべてのヴァイタル・エネルギー備蓄は、もとのタンクへもどっていった。つまり、たがいに遠くはなれたふたつの巨大貯蔵庫へと。

ジェン・サリクはこの再生プロセスの作動ファクターであった。以前はたがいに隔絶されていたふたつのヴァイタル・エネルギー貯蔵庫間の精神的媒介者ということ。貯蔵庫のあいだでヴァイタル・エネルギーがふたたび循環し、しだいにもとの意味をとりもどすよう、力をつくした。

テラナーは自分の精神をもってヴァイタル・エネルギーに入りこみ、これを制御したのだ。細胞活性装置のおかげで、ヴァイタル・エネルギーに吸収されることなく、その制御装置になれた。

ジェン・サリクは細胞活性装置に還元されていた。かつては着用者であったのが、いまは細胞活性装置がサリクを内包している。

両者のあいだには信じられないような相互関係があった。細胞活性装置はゲリオクラートの生命のドームにある巨大貯蔵庫内につなぎとめられている。それはサリクの精神にとって関連ポイントであり、錨《いかり》であった。だが同時に、精神はヴァイタル・エネルギー流に乗ってどこにでも流れていける。

ジェン・サリクの自我がヴァイタル・エネルギーとなっていた。

サリクの〝錨〟の上にある生命のドームもまた、崩壊しつつある。生命のドームは友愛団のオクトパスと同じく、物質に転換されたヴァイタル・エネルギーでできており、それをサリクが貯蔵庫にもどしたからだ。

それは比較的ゆっくりしたプロセスだったが、加速させることはできなかった。洞窟網の多くの部分が乾燥しきっていて、負担をかけすぎるとあぶないという理由からだ。

だが、このプロセスもようやく終わりに近づき、グレイの領主にもはやとめることはできなかった。

グレイの領主と呼ばれるふたりは……グレイ生物になったスタルセンの支配者であり、

伝説の時空エンジニアの末裔《まつえい》だ。

助修士長は、数千年前からヴァイタル・エネルギーを悪用して超能力をつくりだし、自分の権力を強化していた。いまや、テレキネス、パイロキネス、テレパスからなる恐るべき三人組は、個人にもどって無力に歩きまわるだけだ。かれらを監督するはずの助修士たちは、オクトパスによる保護を失い、無秩序で制御のきかない役たたずになりさがっている。

最長老は、ヴァイタル・エネルギーを利用して第四階級のゲリオクラートたちに長寿を授けていたが、やはりスタルセンでの権力を失った。生命のドームが寿命を長らえるヴァイタル・エネルギーをあたえなくなったのだ。ゲリオクラートの多くはその寿命を作為的にのばしていたために、自然の老化プロセスが働いて、老衰で死んだ。

ゲリオクラートと友愛団は実質的にもはや存在しない。その権力範囲は崩壊し、抑圧されていた者たちの反乱がはじまっている。

ジェン・サリクは現行の体制を倒しはしたが、エスカレートする状況をコントロールする力は持たない。それができるのは鋼の支配者だけだ。

だが、レトスが介入して事態を収拾するようすはなかった。

最初にただ一度コンタクトしたときの鋼の支配者の言葉を、サリクはまだよくおぼえている。スタルセンが昔のような隆盛をとりもどし、グレイ領域にならないように守るには、ヴァジェンダによる強力なヴァイタル・エネルギーの衝撃が必要であることを、ふたりとも知っていた。しかし、レトスの考えでは、この衝撃は内部からしか出てこないという。グレイの領主による封鎖はスタルセン側からしか突破できないということ。ジェン・サリクが階級制度への大規模攻撃にうつったおもな理由がそれだった。だが、これまでに達成できたことは、一部に成果をもたらしたにすぎない。主たる目標はまだ達成されていなかった。

グレイの領主ふたりはいまも自由に動ける。どこにかくれているのかわからない。わかるのは、ふたりがオクトパスにも生命のドームにもいないということだけだ。このふたつの建築物は過去の権力の象徴であり、事実上もう存在していないから。

グレイの領主ふたりを排除しないかぎり、捨て身の反撃に出てくる可能性があった。それがどんな反撃になるのか、サリクには想像もつかない。ただ、この危険に対処するためには、至急ヴァジェンダの助けが必要だった。

＊

それぞれ高さが千メートルあるヴァイタル・エネルギー貯蔵庫には、盲目の隠者とゲリオクラートによって犠牲になった無数の生物の意識が満たされていた。

ジェン・サリクはかれらとメンタル・コミュニケーションをとることができる。

ハヤカワ文庫の最新刊

50th ハヤカワ文庫 SINCE 1970

●表示の価格は税別本体価格です。
＊価格は変更になる場合があります。
＊発売日は地域によって変わる場合があります。

1 2020

ハヤカワ時代ミステリ文庫創刊第3弾

【10日発売】

JA1410

よろず屋お市

深川事件帖2　親子の情

誉田龍一

eb1月

敬愛する養父が不審な死を遂げ、〈ねずみ屋〉を継いだお市。やがて生みの親の死にまつわる事実に近づくことに……シリーズ第2作。

本体680円

JA1411

六莫迦記《ろくばかき》

これが本所《ほんじょ》の穀潰《ごくつぶ》し

新美健

eb1月

顔は同じだが性質がまるで違う六ツ子たち。誰が家を継ぐか試されることになり……自由すぎる武家生活が炸裂！　お気楽極楽騒動記

本体660円

JA1412

ダークナンバー

警察の分析捜査×報道機関の挑戦　〝この世に存在しない犯人〟とは

eb1月

関東を震撼させる二つの凶悪事件が発生。警視庁の分析捜査官・渡瀬敦子と東都放送の土方玲衣は奇
妙な協力関係を結び、犯人を追う

話題の女性化現代版ホームズ・パスティーシュ第2弾！

シャーリー・ホームズとバスカヴィル家の狗

高殿　円

eb1月

半電脳顧問探偵シャーリーと女医ジョー・ワトソンが帰ってきた！　現代ロンドンで同居するシャーリーとジョーの元にジョーの叔母が結婚するという報せが。相手のバスカヴィル氏は先代当主の急死で跡を継ぐため領地に赴いたが、以来、脅迫を受けるようになり……

四六判並製　本体1400円［23日発売］

平成ウルトラマンシリーズ、小説化第2弾！

ウルトラマンダイナ

長谷川圭一

一九九〇年代にテレビ放映された平成ウルトラマンシリーズ。その完全小説化プロジェクト第2弾。ウルトラマンティガの活躍で世界が光と平和を取り戻してから数年後、地球人類は本格的な宇宙開発に乗り出す。しかし、火星の前線基地が謎の生命体に襲撃されて……

四六判並製　本体2200円［23日発売］

感涙必至！　父と子と本をめぐるエッセイ

20年間、家族の待つ家に（ほとんど）帰らなかった著者は、息子たちに宛てたエッセイを

かれらの意識はとっくの昔に個性を失い、自分たちを集合体だと思っていた。ふたつのヴァイタル・エネルギー貯蔵庫が接続されてからは、ひとつの大きな集合意識となっている。

「すでに大量のヴァイタル・エネルギーを貯蔵した」と、貯蔵庫がサリクに教えた。「グレイ権力による封鎖を突破してヴァジェンダとコンタクトするために必要な量は充分あるはず」

「まだたりない」と、サリクは答えた。ためせるのは一回きりだと知っているのだ。もし最初の突撃に失敗したら、グレイ権力に警告をあたえることになり、封鎖が強化されてしまうだろう。「すべてのヴァイタル・エネルギーが環流してはじめて、リスクをとれるようになる」

突破はレトス＝テラクドシャンが占領している転送ゲートの下にある洞窟でおこなうことになろう。そのためにサリクはルート上の洞窟網にすこしずつヴァイタル・エネルギーをためていた。洞窟網は充分に満たされてふたたび活力がもどり、最大のヴァイタル・エネルギー衝撃にも持ちこたえられるほどになっている。

「スタルセンをグレイにしてはならない」貯蔵庫集合体はいった。「われわれは都市にふたたび昔の使命をあたえる。深淵の地への門は開かれなければならない。そしてふたたび深淵穴を両側から通行可能にし、高地からの移住者に解放するのだ。そうすれば、スタルセンにはふたたび人々が活発に流入してくるだろう……」

「それはまだずっと先の話だ」サリクは冷めた目で見ていた。スタルセンがふたたびそうなることはないと考えているから。この都市は、標準宇宙からきた補助種族の訓練センターという意味をすっかり失っていた。いま重要なのは、スタルセンのグレイ作用がひろがらないようにすることだけだ。

といっても、グレイ作用とはいったいなんなのか、サリクには正確なところはわからない。深淵という別次元の影響であるのはたしかだが。時空エンジニアがこれに気づくのが遅すぎたため、生命体が反生物に変えられてしまったという。しかし、この転換が実際にどのような影響をもたらしたのかはわからなかった。

もしグレイの領主ふたりを捕らえて調べられたら、グレイ生物の特異性がわかるかもしれない。

グレイの領主ふたりはスタルセンのどこかにかくれているはずだ。おそらく都市外壁に四つある転送ゲートのうちのひとつだろう。レトス＝テラクドシャンが占領している転送機からは遠いはずだとも推測できた。

サリクはほかの転送ゲート三つの周囲のひろい範囲に細いヴァイタル流を送って探らせたが、グレイの領主の手がかりはどこにも見つからなかった。充分な保護と適切な生存基盤のある場所にいるのだろう。これまでの捜索はむだに終わっている。貯蔵庫集合体も、この件でサリクを助けることはできなかった。

「二日後に実行する」サリクはヴァイタル・エネルギー貯蔵庫にそう知らせた。「そうすれば、物質化したストックから再変化したすべてのヴァイタル・エネルギーが環流してくるだろう。そうなったら封鎖を突破する」

「ここはまるで監獄のように窮屈だ」と、貯蔵庫の意識が文句をいった。

「がまんしてくれ、あと二日だから」サリクは約束した。かれは導きの力となり、ヴァイタル・エネルギーを制御していた。「わたしは鋼の支配者のもとへ出発する」

巨大貯蔵庫のヴァイタル・エネルギーのなかで生きているスタルセン市民の精神と、エデンⅡに集められたテラナー数百万人の意識とを、サリクは比較せざるをえなかった。たしかに不完全な比較ではあるが、この連想を避けては通れない。

ただ、サリクはある程度スタルセン市民の意識を制御したとはいえ、自身を超越知性体〝それ〟と同等だと思うほど不遜ではなかった。

要するに、つねに自分であることにとどまったのだ。かれはあえてそれを押し通した。騎士の資質を持つにもかかわらず、ひかえめで、すこし浮世ばなれして内向的な、ごくふつうの人間である。特別な存在とみなされることはなかった。

鏡の前に立てば、そこにうつるのは深淵の騎士の姿だ。一方、典型的な騎士のタイプではない。この地位は、英雄的な雄々しさや無鉄砲と同義ではないから。

サリクはもう間違った遠慮で道を誤ることはしない。実際、かつて趣味だった生物学からも遠ざかっている。輪廻に関して熱心に研究してもいたのだが。

ある方法で輪廻を経験したこともある。にせのヴェイルトのイグソリアンだったハーデン・クーナーの騎士の知識を受け継いだからだ。そして細胞活性装置保持者になり、騎士任命を受けた。

「だめだ、ジェン、おのれをあざむくな」と、自分にいいきかせた。「この荷物をかかえたら最後、もうそこらの地味な若者ではいられない」

ヴァイタル・エネルギーで活力がもどった洞窟網を通る道すがら、金色の流れの近くをさまよう多くの盲目の隠者を見つけた。

この植物の末裔は、ヴァイタル・エネルギー流の調整者としての役目をとっくにはたさなくなっていた。それどころか、チラスの突然変異した子孫の多くはさらに退化している。かれらはもはや本能も直感も持ち合わせておらず、たんなる低木だった。

サリクは立ちどまった。

なにかがおかしい。

かれは、レトス＝テラクドシャンが実体化した転送ゲートの近くまできていた。

しかし、なにかが違っている。用心深く伸ばしたヴァイタル・エネルギーの敏感なセンサーが、どこかに反発力が存在することを知らせてきた。グレイの力、反生物だ。

最初は思いこみか、誤った解釈による間違いではないかと考えた。未知の放射ははじめのうちは非常に弱かったから。だが、近づくにつれて強くなっていく。ヴァイタル・エネルギー脈を遠くまで伸ばしすぎたところ、まさに吸いこまれてしまった。

サリクは自分自身が吸いこまれないように大急ぎでそれを引っこめた。それ以上前には進まず、まず一方にひろげてからもう片方にひろげる。こうして、深淵作用を受けている危険区域を確定していった。

それは特別大きいわけではない。スタルセン壁まで五百メートルもない隣接エリアで、幅はわずか二百メートルほど。サリクがすぐに気づいたように、のっぺりした建物群だ。窓も、それとわかる入口もない。

このブンカーのような建物群がなにに使われているのか、辺境地区の住民に訊いてみたかった。かれらはこれの存在を知っているはず。もちろん、その内部にグレイ領域がかくれているなどと思いもせずに見ていることだろう。

サリクはブンカーの下にある洞窟のなかへ進み、ヴァイタル流に自分をゆっくりと高く持ちあげさせた。グレイ生物の放射に気づいてもそれを無視し、さらに上へと進んでいく。

突然、かれの前にまたしても吸引力が生じた。あらがいがたい力でどこかへ引っ張ろうとする。

やっとのことで安全なところへ待避した。いまの存在形態を不利だと感じたのははじめてだった。かれを支えるヴァイタル・エネルギーが、その吸引力で吸収されてしまったのは明白だったから。

スタルセンのどまんなかにグレイ領域があるということ。まぎれもない、グレイの領主ふたりのかくれ場を見つけたのだ！

ふたりが鋼の支配者の居場所のすぐ近くにかくれていることに、なにか特別な意味があるのだろうか。だれもがまさかと思うのでかえって安全だということ以外に……

サリクが考え終わる前に、信じられないことが起こった。それがどの程度の影響をあたえるのか、その瞬間はまったく予測不能だったが。

レトス＝テラクドシャンの占領する転送ゲートが反応したのだ。

5

幕間劇

ドームの丸屋根はアトランの頭上、百五十六メートル上にあったが、もっと高く見えた。内部に満ちている蛍光は、暗闇の波におおわれてしだいに弱まっているようだった。暗闇に散らばる光点はホログラム映画に出てくる星のようで、アトランは浮遊してこのひろがりのなかに入っていく気がした。

かれに向かって上昇してきたレトス＝テラクドシャンは、ハトル人のプロジェクション体ではなかった。また、ただひとりの姿でもなく、無数の姿がひとつの輪郭のない身体形態に統合されたように見える。それでも、それはレトス＝テラクドシャンで……正確にいうと、テラク・テラクドシャンだった。騎士団のために生き、騎士団のために死んだ深淵の騎士たちの肖像が、かれのなかで一体化していた。

騎士団の創設者が話しかけてきたが、アトランには言葉が理解できなかった。その声もまた奇妙にひずんで聞こえる。だがやがて、テラク・テラクドシャンが複数の声で話しかけていることに気づいた。騎士団創設者のなかに一体化された深淵の騎士たちが合唱していたのだ。

アトランは話された言葉をいまだ理解できなかった。そのかわり、言葉が映像になるのを見た。テラク・テラクドシャンから、かつての騎士の肖像が次々に消えていく。それらはアトランに向かってきて、かれを通りこし、消え失せた。何千もの生物からなる一団が、同じように列をなしてそばを通りすぎた。

生物の外見はさまざまだった。ある程度わかるものもあったが、多くは見慣れない顔で、いくつかは生物とも思えなかった。けれども全員がそれぞれの時代の深淵の騎士であった。それはまるで、宇宙の多様性すべてを一体化した、命の花火のようだった。

アトランは目眩がした。各時代の騎士からなるパレードが真の熱狂のなかで自分の道を進もうとして、万華鏡《まんげきょう》のように変化する場面をつくっている。

アトランはふたたび自分が宇宙空間にいることに気がついた。構造物がひとつ漂ってきた。はじめはアステロイドのように見えたが、近づくとかたちに特徴がある。それはエイのかたちの岩ブロックで、脚のような突起が五十本近くあり、すこし間隔をあけて尾が一本ついているように見えた。ふと、惑星ラスト・ホープの〝走れ走れ〟を思いだす。

だが、じつはその岩ブロックは外殻であり、宇宙服あるいは宇宙船だった。着用者……

…乗員といったほうがいいかもしれない……の、およその形状をなぞったものだ。エイのかたちの生物で、長さ五百メートル。手足が四十八本あり、人の大きさの丸窓で保護された視覚器官をいくつも先端部分にそなえている。

そのすべての目がアトランを見つめていた。

「わたしはアグロッタ・ター・トロイ、最後の任務からもどった深淵の騎士だ」アトランは生物の声を聞いた。「そして、これはわがオービターのハヴィト。わたしを最後の憩いの場に運んでくれる。オービターは深淵の騎士にとってもっともたいせつなパートナーだ」

ター・トロイの外殻が閉じていくように見え、アトランはそのなかに入りこむ感じがした。そこで微小宇宙にたどり着き、アメーバのような生物に邂逅《かいこう》する。巨大な騎士のちっぽけなオービター、ハヴィトだ。

映像がフェードアウトして切り替わる。

青みを帯びて鈍く輝く水晶の荒野があり、そこにシフト大の恐竜がいた。その背中には一メートルに満たないほどのちいさな建造物がのっている。上部はタマネギ形で、すぐにはそれとわからなかったが飛行艇だった。タマネギ機首のハッチが開き、シガ星人くらいの小人が這いおりてきた。麦藁《むぎわら》色の肌に、麦藁の束でできた手足がついていて、どこからどう見ても案山子《かかし》だ。この雑なつくりの麦藁生物のどこに感覚器官がついているのか不明だが、かれの声ははっきりとアトランの精神にとどいた。

「わたしはトルータム。わが最初のオービター、ナルドを獲得したところだ」麦藁男がそういうと、かれのオービターのイメージである恐竜の巨体が見えてくる。知的な目がアトランに釘づけになったように見えた。恐竜とくらべて小柄な深淵の騎士はつけくわえた。「オービターは深淵の騎士の心であり、魂だ」

また映像が切り替わり、べつのシーンが展開する。アトランがそれに見入って自分のなかにとりこむと、すぐにべつの場面がくりひろげられる。こうして延々と進行し、いつまでも終わりそうになかった。

どのシーンも、それぞれ異なる騎士とそのオービターの話だ。メッセージは毎回同じで、深淵の騎士にはかならずオービターが必要であることをアトランは理解した。

それはまるで要求だった。オービターを募れ！

オービターを持たない騎士は不完全な騎士である、というのが基本メッセージだった。ペリー・ローダンの場合はどうなるのか、かれの潜在的オービターはだれなのか、じっくり考えている時間はアトランにはなかった。その考えが浮かんだとたん、次の映像が押しよせてきて消されてしまうからだ。

アトランには、見たこと、聞いたことを処理するひまがなかった。さまざまな騎士の映像を浴びせられ、精神はたくさんの印象で埋めつくされ、限界ぎりぎりまで負荷がかけられた。もう限界を超えそうだと思うと、そのたびに精神がひろがり、さらに受容が可能になるのだった。

かれはすべての深淵の騎士の知識を自分のなかにとりこんだ。まるで煙になったように感じる。これらの情報を整理して区別することはできないと思った。見たり聞いたりしたことが混じり合い、溶け合ってひとつになり、分離できない。

あらわれたどの騎士も、その痕跡をアトランのなかにのこした。粒子大のプシオン性印象が総体となり、アトランはひとつの強い遺志を受けとる。

かれはアグロッタ・ター・トロイだ。

トルータムでもある。

ハープーンのアルマダンであり、テラク・テラクドシャンであり……テングリ・レトスだ。

かれはすべての深淵の騎士となった。かれらはみな監視騎士団に属し、いつかそのプシオン性パターンをケスドシャン・ドームにのこしていったのだ。こうして、かれはケスドシャン・ドームそのものになる。

騎士任命式はクライマックスを迎えた。アトランは、まるでふたつの向き合った鏡のあいだにいるように感じた。だが、うしろにいるのは自分の鏡像ではなく、はてしなく遠いところまでつづく深淵の騎士の一団だ。自身がドームの大きさにまで拡大し、丸天井となって、プシオン性振動に共振している。そこへ、さまざまな声の合唱で話しかけてくるものがあった。

「すべての深淵の騎士から三名だけが選ばれた。監視騎士団がその名前をあたえられた本来の目的地で働くために。あなたはそのひとりだ、アトラン」

合唱からは個々の声がしだいに消えていき、最後はレトスの声だけが聞こえた。

アトランの不思議な陶酔はしだいに弱まった。精神がおちついて明晰になり、ふたたび自我をとりもどした。だが、ほかの深淵の騎士のなにかを自分のなかに感じつづけてもいる。まだ自分のからだを感じないが、それを使えないことも意識していた。

アトランは自問した。レトス＝テラクドシャンの前に深淵の騎士は、スタルセンに、または深淵の地のほかの場所に、ひとりもこなかったのだろうか。

「多くの騎士は跡形もなく消えてしまい、かれらの真の運命を聞いた者はいない。かれらのうちのだれひとり、ドームに統合されてプシオンによる騎士任命式に貢献することはなかった。数名は深淵への道を見つけたが、ドームに入った騎士で深淵を体験した者は、いまだかつていない」

アトランはゆっくりではあったが、現実の世界に完全にもどった。自分がケスドシャン・ドームのなかにいて、レトス＝テラクドシャンがまだ不可視の状態であることに気づいた。だが、かれの声は聞こえる。声はさらにつづけた。

「たとえ深淵にやってきたのが、われわれ三人……あなたとジェン・サリクとわたし……だけだとしても、すべての深淵の騎士はわれわれとともにある。そうすることで監視騎士団はその役目をはたしたのだ」

「で、そのあとは?」アトランはたずねた。「そのあと騎士団は生きのこるのか?」

「それは深淵の地の危機をとりのぞき、トリイクル9を本来の場所にもどすことができてからの話だ」と、レトス＝テラクドシャンは反論した。「〝そのあと〟を問うのはやめよう」

「わたしは期限つきの騎士にすぎない」アトランはもう一度それを強調しようとする。

そのとき、ケスドシャン・ドームが不安定になったことに気がついた。

突然、なんの前触れもなく、ドームが砕ける。いましがた存在していたのが、次の瞬間にはもうなくなっていた。アトランがいるのは、ドーム大の洞窟だった。

かれの前に、レトス＝テラクドシャンのプロジェクション体が立っていた。ハトル人はいくらかとりみだしているようだ。

「なにが起こったのだ?」レトスがドームを突然、故意に崩壊させたのでないことは明らかだった。

「転送ゲートが反応した」と、レトス。「だれかが騎士任命式の時刻をねらって転送ゲートの制御を奪ったのだ。プシオンによる騎士任命式の瞬間だけは監視していなかった……」

レトス＝テラクドシャンは急いで走りはじめた。アトランもつづき、いっしょに司令センターへ駆けこんだ。数回の操作ですぐになにが起きたかわかり、レトスは明らかに落胆していた。

「予想もしていなかった」打ちひしがれてレトスはいった。「グレイの領主が転送機でグレイ作用をスタルセンに向けて放射したのだ。ほかの転送ゲート三つも作動したということ。その場所では深淵作用がずっと強力にひろがっている。過酷なサヴァイヴァル戦になるぞ、アトラン」

アルコン人は平然としていた。

「申しわけないが、どんな脅威が迫っているのか想像もつかない。きみはグレイ生物のことを知っているかもしれないが、わたしにはとらえどころがない言葉だ」

「すぐにわかる」レトス＝テラクドシャンはいった。「深淵作用がなにを引き起こすのか、まもなく体験することになる。この映像を見れば、あなたの想像力も強化されるかもしれない」

レトス＝テラクドシャンは主スクリーンをオンにした。

＊

チュルチはエムサーのあとについて、かれの拠点の一階にやってきた。下へおりる途中で、エムサーは部下たちに出くわす。かれらがガーティンのくわだてが成功したことを矢継ぎ早に報告すると、ヴーラーは命令を何度もくりかえした。

「なにがなんでも阻止しろ。鋼の支配者はこちらの味方だ。われわれを助けてくれる」

いい終わると、かたわらのイルロアを見た。読唇係も鋼の兵士集団とともに同行していたのだ。

「鋼の支配者が介入するだろう」イルロアはそう断言しつつも、おびえている。

一階でチュルチはウェレベル、テデフェ・ゾーク、アル・ジェントフと再会した。トロテーア人はまるで影のように存在感がない。メルッケ人地区のかつての支配者にとって、階級制度崩壊の悲報はもはや疑いようがなかったからだ。

「アトランはどうなったのだろう？」ウェレベルは嘆き悲しんだ。「ヘゲテがいっていたみたいに、深淵定数に近づきすぎて吸いこまれたなんてことはないだろうな？」

「ばかな」チュルチは否定した。「鋼の支配者とアトランはおおいに再会を祝っているさ」

「だが、再会祝いもそろそろ終わりだろうに」と、伝道者モスカーが口をはさんだ。身長二メートルを超えるキルリア人は、エムサーの護衛でここにきていたのだ。幅ひろく骨ばった両肩のあいだから角張った頭を伸ばし、四本腕で身ぶりをしながら、「ガーティンはもうきみの地区のそうとう奥まで攻めこんでいるぞ、エムサー。転送ゲート周辺の地区もすべてかれの手に落ちた」

「そこから先には進ませない！」エムサーがいった。相いかわらず三メートルの巨体を柱のような二本の脚で支え、ほとんど人間のような顔が意志の強さをあらわしていた。「ガーティンが戦争をしたいならすればいい。わたしが全滅させ、この手でかれを鋼の支配者に引きわたす」

ヴーラーが防衛線を視察に行くと、かれの部隊はまだ拠点の全周囲にバリケードをつくっているところだった。

バリケードといっても、あちこちの建物から調達した日用品や調度品だ。大半は辺境地区の廃墟から運んできたもの。防衛線はスタルセン壁から直角にまっすぐ廃墟を過ぎ、かつての公園を通ってのびていた。

攻撃者はここから百メートルほどはなれたところにバリケードを築いている。どちらの側も重火器を持っておらず、鋼の兵士も戦闘行為には手だししない。それがわかって、チュルチは満足だった。

「鋼の兵士が司令本部から転送ゲートへ突撃するよう、しむけられないか？」と、エムサーがイルロアにたずねた。

だがイルロアは残念そうに首を振って、こういった。

「鋼の兵士はもうだれの命令にもしたがわない。どこにでもついてくるが、武器をとることはしないのだ。これは、不必要な流血を避けようという鋼の支配者の意志にちがいない」

「市民防御システムと、スタルセン供給機の出す武器が使えたら、この戦いはすぐに決着がついただろうに」と、アル・ジェントフが悲しげにいった。そばをはなれずにいるテデフェ・ゾークとともに、この指揮グループに合流したのだ。もと隷属民のゾークは……歩く地下茎のような外見で、盲目の隠者と姻戚関係があるのは明らかだ……こういった。

「まだわからないのですか？　新しい時代がはじまったのですよ、ジェントフ。もう市民防御システムも都市搬送システムも、スタルセン供給機もなくなります」

「それは没落のはじまりだ」アル・ジェントフはきっぱりいう。

　エムサーはモスカーに合図して近くに呼びよせ、

「どう思う、ガーティンに交渉する気はあるだろうか？　たがいに妥協して、鋼の支配者が言葉を述べるまで休戦するというのはどうだろう」

「ためしてみればいい」モスカーは答えた。「だが、現時点でガーティンは、自分がこれまでになく強大な力を持ったと感じているはず。最終的に権力を握れると確信しているのだ。階級市民地区から多くの変節者を獲得したから。とはいえ、ためしてみても損はない。すくなくとも時間稼ぎにはなる」

エムサーはうなずくと、意を決してバリケードのなかに入っていった。そこで姿を変え、どうにかキルリア人の体形をまねる。四本の腕を生《は》やして、下側の一対は三倍の長さにした。その姿で防衛線にあらわれた。

「ガーティン！　伝道者ガーティン！」できるかぎりの大声で敵方に呼びかけた。「エムサーだ。栄誉ある撤退について、話し合う気はあるか？　武器を置け。わたしの地区から安全に出られることを約束する」

向こう側にずんぐりした体格のキルリア人があらわれた。骨ばった両肩のあいだに埋めこまれたどっしりした頭は、まるで攻撃するとでもいうように前方へ伸びている。

「わたしを笑いものにしにきたのか、エムサー？」ガーティンは怒って大声で返した。

「話し合いをするとしたら、そちらの降伏についてだな」

前線が緊張し、利害対立する二集団の平和的合意は不可能になったように見えた。

「もうこれで、鋼の支配者の仲裁に望みをかけるしかなくなった」と、イルロアは嘆いた。とりまく鋼の兵士たちは動かず硬直している。チュルチはかれらのようすがおかしいことに気がついた。ウェレベルも、不自然な直立不動を見逃さなかった。

「なにかに感づいたようだ」と、チュルチがいった。「かすかな胸騒ぎに襲われたような態度は、なにをしめしているのだろう？　鋼の支配者の最期なのか……」

その言葉をさえぎるような出来ごとが起こり、そこにいる全員が呪縛を解かれた。巨大な転送ゲートの方向から、爆音が響いてきたのだ。黒いフィールドからグレイの雲が辺境地区へ向かって勢いよく数百メートルほど噴きだし、やがて凝固した。全員がその方向を振り返ったとき、二回めの噴出が起こり、同じように爆音がつづいた。鈍い爆鳴。グレイの雲はあっという間に四倍にふくれあがった。それが、まるでガラス塊のようにかたまり、輪郭がしだいに気化してガス状になる。

その霧の流れがまだ移動しているあいだに、次の噴出が起きた。グレイの雲は急激に拡大し、辺縁がガーティン部隊の攻撃線に到達。

ガラス様の塊りは、液化しはじめたかと思うとすぐに気化した。そのグレイの霧の流れを通して影のような姿が見える。最初は緩慢にしか動かなかったが、周囲のグレイの雲が液化するにつれて、その動きはどんどん速くなっていった。

だが、この恐怖の人影の細部が見えてくる前に、雲がふたたび凝固した。均一に硬化して黒ずんでいき、なかまで見通すことができなくなる。それが次の噴出の先ぶれとなった。

転送ゲートの方向から鈍い爆音が聞こえ……次の瞬間、水晶のように見える構造物がふたたび膨張し、伝道者エムサーの防衛線上に文字どおり飛んできた。

それはまったくの無音で生じ、そのためいっそう不気味な現象だった。このガラス雲にぶつかった者は、弱い空気圧を感じるだけでなにごともない。だが、固体に見える塊りが液化したようになり、霧になって消えたとたん、ひどい寒さがひろがった。

その寒さにやられるのは、からだというより精神だった。同時に、霧のような一様のグレイから不気味な輪郭があらわれ、その動きがどんどんすばやくなり、次の噴出が起こる……

チュルチは恐怖のあまり、叫び声をあげて逃げた。

その声で呪縛を解かれたように、だれもがいっせいに叫びだし、パニックにおちいって右往左往する。

チュルチは鋼の兵士数体が消えてなくなるのを目撃した。振り向くと、逃げていくヘゲテにウェレベルが突き倒されている。思わずそこまでジャンプし、自分のからだでウェレベルを守ると、背中に乗せた。

「グレイ作用だ！」だれかが叫んだ。恐怖の叫びが野火のようにひろがっていく。

「しっかりつかまれ！」チュルチはウェレベルに念を押した。霧の壁から飛びだしてくるヘゲテたちのトカゲ顔には、名状しがたい恐怖が浮かんでいる。そのなかにはガーティンの手下もいるはずだが、争いなどすっかり忘れ、共通の危険から逃げていた。

チュルチも逃げだそうと向きを変える。すると、肩にかかる重みが急に増した。

「なにをぐずぐずしているんだ？」頸もとにアル・ジェントフの声が聞こえる。「六本脚すべてを使って全速力で走れ！」

二度いわれる間もなくチュルチは駆けだした。背後ではグレイの雲がふたたび水晶構造に硬化しはじめ、通りすがりにその範囲のすべての生命体を硬直させると同時に、あらたな噴出によって爆発的にひろがっていった。

チュルチは大急ぎで走った。あらんかぎりの力で疾走し、急速にひろがる雲にどうにか捕まらずに逃げおおせる。いったいこの状況はいつまでつづくのだろうか。

＊

チュルチは疲れきって倒れこんだ。ウェレベルが心配して世話を焼き、どこからか水を調達してきて、把手《とって》つきの大きな壺からチュルチの口に流しこむ。最後の道のりをチュルチの背中から降りて自力で走ったアル・ジェントフは、

「グレイ領域はもう拡大していない」と、きっぱりいう。責めるようにウェレベルを見おろすと、「この災厄も鋼の支配者のおぼしめしか？」

「ゲリオクラートと友愛団のせいだ」と、チュルチは答えた。「もういいかげんわかっただろう。最長老と助修士長がスタルセンをグレイ領域に変えようとしているんだ」

アル・ジェントフは反論しなかった。

みな続々と難を逃れてくる。鋼の兵士をすべて失ったイルロア、エムサー、モスカー

にくわえ、ガーティンもいた。エムサー配下のヘゲテたちに見張られている。

イルロアはひどく弱っていて、立っているのもつらそうだ。地面に横になって目を閉じたが、声を出さずに唇だけを動かしている。

「テデフェ・ゾークはどこだ？」元気をとりもどしたチュルチがアル・ジェントフにいった。「かれはずっとあんたのそばにいたのに、なにをした？」

「あのおろか者は自分から破滅に向かったのだ」アル・ジェントフは答えた。「なんとしても洞窟へおりようといって、聞かなかった。下のほうが安全だと信じこんで。だが、その試みがうまくいったかどうかはわからない。盲目の隠者に連れていかれただろう！」

チュルチはひどく疲れていたので、アル・ジェントフに意見する気力はなかった。かれらは二キロメートルあまりの道のりを逃げてきた。二百メートルほどうしろに、グレイ領域の霧の壁がそびえている。もう噴出は起こらないが、それでもグレイの霧は徐々にひろがり、近づいてきていた。

「もっと先まで逃げなければ」エムサーがいった。頭だけはまだ人間に近いが、ふたたび脚がたくさんある生物に変身している。どうやらその姿がいちばん速く走れると判断したらしい。「緊急事態だ。みなで力を合わせて戦う必要がある。どう思うかね、ガーティン？」

キルリア人は刻々と押しよせてくるグレイの霧の壁に目を向け、「どうやってこの現象と戦うというのだ?」と、訊いた。「雲を連れた軍隊相手になにができる? 転送ゲート周辺を占領しているグレイ生物は数万、いや数百万かもしれない。わたしは部下をほぼ失った」

「だからいっそう団結がだいじになる」と、エムサーが答えた。

「わかった」と、ガーティン。「だが、いったいなにをどうすればいいのだろう」

イルロアはまだ目を閉じたまま地面に横たわり、声を出さずに唇を動かしていた。ウェレベルとチュルチがよってきた。かれらが近くにいることに気づくと、イルロアは目を開け、うつろな視線でじっと見つめた。二名を通り抜けてどこか遠いところを見ているような、謎めいた視線だ。

「どうした、イルロア?」ウェレベルが読唇係に訊いた。

イルロアは上体を起こした。しばらくのあいだ、声を出さずに唇を動かしていたが、ようやく口がきけるようになった。

「あやうくあの雲に……吸いこまれそうになった」イルロアはつっかえながら答えた。「逃げ遅れた者はみんなグレイ生物に……反生物になり、戦士にされて転送機を占拠している。わたしはその一名のすぐそばにいた。まったくふつうの生物だったよ……無色であることをのぞけば。〝そこの小人、われわれは友になれそうだ〟と、わたしにいい、近づいてきた。そこではじめて、ほんものの生物との違いがはっきりした。精神を凍らすほどの、ものすごい冷気を発していたのだ。わたしの思考は文字どおり凍りつき、恐ろしい勢いで変質しはじめた。それを感じながらも、あらがう力はほとんどなかった。だが、ぎりぎりで認識した出来ごとのおかげで無気力の沼に引きずりこまれずにすんだよ。硬直した鋼の兵士がグレイ生物に触れられ、つかまれて崩れ落ちるようすを見たのだ。鋼の兵士は内破した。グレイ生物がエネルギーを奪いとり、おのれのなかに吸いとったようだった。深淵に吸いこまれた者は、みなそうなる……わたしはその運命が自分の身にも降りかかるかもしれないと思い、逃げだして、なんとか安全を確保したのだ。しかし、逃げ遅れた者も多いのではないか」

「また先へ逃げないと」チュルチはせきたてた。エムサーとその従者たちが弱々しく動きだしたのを見て、「わたしの背にまたがれ、イルロア」

逃走中、エムサー配下の者と遭遇することが増えていった。かれらは辺境地区の、まだ被害にあっていない場所からきており、階級市民地区から逃げてきた真の避難民たちについて教えてくれた。グレイ領域ができたと知れわたったとたん、階級市民地区はあっという間に崩壊したという。

不休の逃走にもかかわらず、グレイの雲との距離は変わらなかった。雲はほぼ一定の速度で追いかけてくる。

イルロアはこの一団で唯一の読唇係だが、鋼の支配者への問いには答えられなかった。鋼の兵士たちにも一度も遭遇しない。辺境地区からいなくなってしまったようだ。

右手に細長く伸びた高いブンカーがあった。黒に近い色の素材でできており、窓の類《たぐ》いはいっさいなく、入口さえ見あたらない。チュルチが辺境地区で見たなかで最大の、もっとも重量感のある複合建築物だ。こうした建物は、旧・深淵学校周辺にしかないはず。

「なんのための建物だろう？」チュルチは自問した。「とても頑丈そうだし、避難場所にぴったりだと思えるが」

「絶対やめたほうがいい」ヘゲテが答えた。「ひとつだけ入口があるが、出口がない。かつてこの営舎に入ってもどってきた者はいない。死の迷宮と呼んでいるくらいだ」

「なぜ営舎だとわかる？」興味が湧いたチュルチは訊いた。

「以前、深淵の地に派遣された者たちが宿営していたからさ」ヘゲテはいい、笑いながらつけくわえた。「それに、ダゼンヨエクが矯正不能の階級市民を大勢ここに入れていたからな」

「ダゼンヨエクとは？」と、チュルチがたずねた。

「かれだよ！」

営舎の半分ほどの長さのところで、行列がとまっていた。辺境地区住民の武装部隊が密集陣を組んで行く手を阻んでいる。ほとんどがナドルスカー種族だ。エムサーの読唇係ラシュクの同族ということ。

部隊の先導者もナドルスカーだった。すこし前に出ると、長い脚を跳躍するときのように折り曲げ、やはり長い腕をあげて、複眼と曲がったくちばしのある頭部を守るようにしている。

チュルチはそのときはじめて、かれらの前に鋼の兵士の大群が勢ぞろいしていることに気づいた。

「ダゼンヨエクは伝道者で、読唇係でもあるのだ」ヘゲテがチュルチに耳打ちした。

「とまれ！　だれもわたしの領地に入ってはならない」ダゼンヨエクはそう命じると、長い腕の片方で後方をさししめした。そのさい、関節が大きな音をたてる。「きみたちはグレイ領域を連れてくる。きみたちが反生物に感染したと、鋼の支配者から警告が入ったのだ。引き返せ。そうしないと、鋼の兵士に吹き飛ばされるぞ！」

エムサーは部下たちをかき分けて前へ進み、大声で告げた。

「それはおかしいと思わないか、ダゼンヨエク。真実を見なければ、どっちみち災厄はここにもやってくる」

「わたしは鋼の支配者ではない。支配者の意志を実行しているだけだ！」ナドルスカーは大仰に叫んだ。「もどれ。さもなくば……」

脅しの言葉がとぎれた。チュルチは、自分たちの行列が動いて、だれかが進んできたのに気づいた。イルロアだ。小人は列の前に出ると、恐れることなくゆっくりと鋼の兵士たちに歩みよった。

「消え失せろ、メルッケ人！」ダゼンヨエクがどなりつけても、イルロアは平然として歩きつづける。「芝居がかるのはやめろ。われわれはだまされないぞ」

イルロアは動かず立ちつくす。

そのときだ。

鋼の兵士の昆虫頭に鋼の支配者のデスマスクがつくられた。マスクは以前ほどこわばっておらず、独特の命が満ちているように見える。唇が動いて、その場にいただれもが声のないテレパシー・メッセージを読みとった。

〈スタルセンをグレイにしてはならない。階級制度はもはや存在しないが、いまはべつの危険が迫っている。グレイ生物が入りこみ、スタルセンを征服しようとしているのだ。この、グレイの領主が送りこんだ最後の力と戦え。わたしはきみたちの味方だ。鋼の兵士もともに戦う。スタルセンをグレイにしてはならない〉

この感動的なメッセージはスタルセン全体にとどき、市民全員に鋼の支配者の復活が知らしめられた。

ダゼンヨエクとエムサーとのいさかいも落着した。だが、転送ゲート周辺のグレイ領域はさらに拡大しており、とどまるところを知らなかった。

6

幕間劇

「なぜ数千年ものあいだ、手をこまねいていたのか」もと助修士長がいった。「こんなにあっけなく都市を征服できそうだとは」

「禁じられた力を好きに使えて楽しかったではないか」スタルセン最長老は反論した。「他者の生命がふたたびゆっくりもとのかたちにもどっていくさまを見るのは、特別な快感だったぞ。われわれ、異なる種族の者たちを支配して運命をもてあそぶのに夢中になった。まさに権力への陶酔だ」

階級制度が崩壊してからというもの、かれらは〝ゲリオクラート〟や〝友愛団〟という概念を使うのをやめていた。それは過去のものだから。

あと三深淵年あればスタルセンをグレイ領域にして、そこにある生命をもとのかたちにもどすことができるはずだった。

だが、コスモクラートの使者である鋼の支配者が出現したために、ふたりの計画は揺らぎだした。さらに高地人が到着したことで、その計画は根底からあやうくなった。結局のこったのは、転送ゲートのそばにあるブンカーのなかにかくれ場としてつくった、ちいさなグレイ領域だけだ。

ヴァイタル・エネルギーを使った実験で疲れると、ふたりはよくここに引きこもったもの。ここで協議したり、計画を練ったり、ほかのグレイの領主に連絡したりした。

ふたりの同族であるグレイの領主はスタルセンの外にいる。かれらは、スタルセンのふたりが深淵のほかの地域と同じ奇襲攻撃に出ない理由をまったく理解できないだろう。同族たちは征服者だが、最長老ともと助修士長のふたりはなによりまず研究者であり、さらにいえば哲学者なのだ。ふたりとも、生命の最後の秘密を徹底的に解明したいと考えている。

正直にいうと、いくらか虚栄心も働いていた。かつて時空エンジニアという名前で知られた最長老ともと助修士長は、自分たちだけの力でスタルセンをグレイ領域にしたいのだ。最終的に外部からの助けにたよらざるをえないというのは、遺憾だった。

「その償いを、あのなりあがり者三人にやらせよう」スタルセン最長老はいった。「変身の各段階をかれらが意識できるよう、ゆっくりとわれわれに同化させるのだ。それを考えるとうれしくてたまらない。かれらはきわめて特別なグレイ生物になるだろう」

「かれらがわれわれにしたことに対し、報いをもとめたい。できれば深淵の内部で」もと助修士長はいった。

「かれらが特定の影響に対して独自の免疫を持っていることを忘れるな」最長老が注意をうながした。「従来のグレイ作用では、おそらく歯が立たないだろう。むきだしの深淵作用がかれらにどんな影響をおよぼすかはだれにもわからないが、ひとりはヴァイタル・エネルギーそのものにさらされても無傷だった。かれらは深淵の騎士だ。この地の条件に合わせて準備しているだろうし、そのために育成されたのかもしれない。まったく新しいかたちの変更された生命体で、もとのかたちにもどすには徹底した実験が必要だろう……待ちきれないぞ！」

グレイの領主ふたりが楽観的であるのには充分な根拠があった。かれらの援助要請にスタルセンの外部から応答があり、支援が確約されていたからだ。

鋼の支配者が占拠している転送ゲートからもグレイ作用がスタルセンに送られ、いたるところで急速に拡大している。ただ、鋼の支配者の転送機の征服は、最初こそうまくいったものの、そのあとは滞っていた。支配者が転送機の制御の一部をとりもどしたのだ。

それでもなお、最長老は満足だった。わずかにのこる防御域が、やがて押しよせるグレイ領域と一体化することは確実だから。

勝利は目前だ。

もしこの勝利に瑕疵《かし》があるとすれば、外部にいるグレイの領主たちの支援なしには勝てないという事実だ。あとあともめごとが起こらないともかぎらない。

スタルセン最長老はさしあたりそれを考えないことにした。スタルセンをグレイにするのが先決だから。

退化し堕落した生命体がしだいにもとの状態にもどっていくようすを眺めるのは、特別な体験だった。

凝集した深淵力に対しては、ヴァイタル・エネルギーもなにもできまい！

＊

大スクリーンを見ながら、アトランは自分が奇妙な生物の群れのなかにいるように感じた。かれらがふつうの生物と大きく異なるのは、外見というよりその態度だった。

かれらはグレイの雲とともにスタルセンにやってきた征服者で、好戦的かつ攻撃的な戦士として登場した。かれらの多くはこの理想に完全に合致している。しかし、のこりの者は反対に無関心で、じつに無気力だ。うろたえ混乱していて、自分に課せられた要求をまったくわかっていない。その行動は全体として理解不能で、もとづくべき論理もしたがうべき道理もなかった。

「これにどう対処すればいいのか？」画面から目をはなさずにアトランはたずねた。雲は爆発によって拡大する前、かならずガラスのように硬化し、そのなかの混乱はすべて硬直する。このグレイの球体のなかで一時的な時間喪失が起きているのではないかという印象を、アルコン人は持った。

「わたしにできることは多くない」レトス＝テラクドシャンは正直にいった。「このグレイ領域ひとつだけなら問題はないのだが、ほかの辺境地区ははるかに危険な状態だ。のこり三つの転送ゲートが絶え間なくグレイ作用を吐きだしているから。このままでは、標準日で数日以内に全都市がグレイ領域になってしまう」

「ジェン・サリクはどうなった？」と、アトランが訊いた。

「ジェンがわれわれの頼みの綱だ」レトス＝テラクドシャンが答えた。「グレイの領主による洞窟網封鎖を突破してもらわなくては。それが成功し、ヴァジェンダがヴァイタル・エネルギー流を送ってきてようやく、スタルセンは救われる。だが、最後にコンタクトして以来、ジェンから音沙汰がない。階級制度の崩壊によって得た全ヴァイタル・エネルギーを意のままにできるのに、なぜかれはそれを使わないのだろう？」

「騎士の資質など、たいして役にたたないということ」アトランはシニカルにいった。かれは自分のなかになんら特別な力を感じていない。騎士任命式での体験が薄れるにつれ、まったくふつうの自分にもどっている。自分のなかに、プシオンによる騎士任命を受ける前と違うアトランがいるのかどうか、わからなかった。

レトス＝テラクドシャンが答えないので、アトランは振り返った。レトスは集中しているのか、あるいは放心状態なのか。からだが硬直し、両手だけが夢遊病者のようにスクリーン下のキイボードの上を動いている。

アトランは大スクリーンの情景が変わっていくようすを見つめた。まるで飛行物体のなかにすわり、都市外壁に沿ってグレイ領域を浮遊しているように感じる。大勢の風変わりな未知者たちのなかに、メルッケ人やヘゲテなど知っている生物も見えた。だがその挙動は、すでにグレイ力の影響下にあることをはっきりしめしていた。

アトランがスクリーンにうつる光景を見ていると、突然レトスがスタルセン市民にテレパシーで呼びかけた。

〈スタルセンをグレイにしてはならない……戦え……わたしはきみたちの味方だ。鋼の兵士もともに戦う〉

レトスの言葉はスタルセン全土にとどいた。だが、すでにグレイ力に支配され、メッセージが響かなかった市民がどのくらいいるだろう？

いまスクリーンには、グレイのゾーンの外にある地域がうつっている。スタルセン市民二グループのあいだに鋼の兵士の一群が見え、全員で頭部にレトスの肖像をつくっていた。その背後には醜悪な複合建築物が、どっしりとした岩塊のように立っている。

「まるで要塞だな」アトランはひとりごちた。

「あれは深淵学校の卒業生が深淵の地へ送られる前に宿泊した建物だ」レトスが説明した。アトランの言葉が聞こえたようだ。「だから、営舎と呼ばれている。旧・深淵学校やそれに関連するすべてと同じく、伝説につつまれた場所だ」

スクリーンには、集まった者たちのうち数名がクローズアップされた。そのようすから、鋼の支配者のメッセージが確実に効果をあげていることがわかる。敵対していた二グループが、ひとつにまとまっていた。

ふいに、アトランは群衆のなかに知った顔を見つけた。

「チュルチ！　ウェレベル！」そう叫び、なぜ自分がおのれとこの状況に満足できないのか、突然に理解できた。レトスの司令センターに自分の居場所はない。自分がどこに属するのか、はっきりわかった。

「レトス……」と、いいかけたとき、映像が乱れた。すくなくとも最初はそう見えた。だが、やがて大スクリーン全体に金色の光がひろがり、顔の輪郭ができてくる。人間の顔だ。相いかわらず金色に輝いているが、見る見るうちに具象性を帯びてきた。ちいさく、どことなく夢みるような目。湾曲した唇の上にはやや大きめの鼻が突きだし、顎は細い。その顔が興奮で赤くなっても、ヴァイタル・エネルギーのゴールドの色調は色あせなかった。

「ジェン・サリク！」レトス＝テラクドシャンはよろこびの声をあげた。「どうしていままで生存確認の連絡をしなかったのだ？」

「スタルセンじゅうの注目を集められたかな？」サリクはおちついた声でいい、アトランに目を向けた。「ようこそ監視騎士団へ、アトラン。わたしには、レトスがケスドシャン・ドームとともにあらわれる予感がありました」

「なにかが儀式をじゃましたのではないかと心配なのだ。自分のなかにまったく高揚した感情がのこっていないから」と、アトランはいった。「自分が騎士だと感じられない」

「それには時間が必要です」そういうとサリクは、もう一度レトスを見て真剣になった。

「形勢はどう見ても不利です。グレイの領主の反撃が二日ほど早かった」

「きみの進撃までまだしばらくかかるといいたいのか？」レトス＝テラクドシャンは訊いた。「時間がない。標準日で二日後にもスタルセンは失われるかもしれないのだ。もっと急いでもらいたい」

「それは大きすぎる賭けです」サリクは答えた。「ヴァイタル・エネルギーを流す洞窟網は、まだ充分に再生していない。それほどの負荷には耐えられないでしょう。あまりに長く干からびたままでしたから」

「それでもやらなければ」

「むしろ、あなたが戦いに全力を投じ、グレイ領域の拡大を遅らせてくださいい」と、サリク。「鋼の兵士を投入するのです。さらに増員することもできるはず。最低でももう一日、待ってください。それだけは譲れません」

「そのあいだ、スタルセン市民はどうなるのだ？」レトス＝テラクドシャンは反論した。「待っているあいだに、数千名がグレイ作用の犠牲になるのだぞ」

「あなたならかれらを避難させることができる」と、サリクはいった。「かれらを洞窟へ送りこんでください。グレイ作用からはもっとも安全な場所です。ヴァイタル・エネルギーが流れれば、もうグレイ作用は手出しできません」

計器の音がして、レトス＝テラクドシャンの注意がそれた。ハトル人がスイッチをいくつか操作すると、大スクリーンのサリクの映像にべつの映像がオーヴァラップした。辺境地区の一部がうつしだされた。例の営舎だ。スタルセン市民が集まっていて、チュルチやウェレベルの姿も見える。画面では、グレイ領域がすでに複合建造物の正面まで迫っていた。

「グレイの領主のかくれ場です！」と、サリクは叫んだ。かれがその映像プロジェクションを自分の視点から見ていることは明らかだった。

「なんだと？　この営舎が？」レトス＝テラクドシャンは驚いた。

ジェン・サリクはレトスの基地に行く途中で体験したこと、またこの建物の内部でグレイ領域を見つけたことを話した。

「最長老と助修士長がなかにひそんでいるのはまちがいありません」と、締めくくる。「鋼の兵士たちにとって、やりがいのある目標ではないでしょうか？　グレイの領主を苦境に追いこめれば、必要な時間が稼げるかもしれません」

その言葉がアトランへのヒントになった。かれはレトスに向かっていった。

「鋼の兵士は温存しておいてくれ。これは深淵の騎士の任務だ。わたしがこの出動場所へ行く手段はあるだろうか、レトス？」

レトス＝テラクドシャンはどう見ても反対のようだったが、決意をかためたアトランの顔を見てまかせることにし、

「なんの問題もない」と、だけいった。

＊

レトス＝テラクドシャンは、アトランを転送機で目的地まで送ることはできないが、鋼の兵士を結合して輸送手段をつくるといった。最初はそれでスタルセン壁に守られながら進み、それから洞窟を通れば、かなりの高速で目的地に到着できるだろうとのこと。

だが、アトランはもっと困難な方法を選んだ。

鋼の兵士に命じ、輿《こし》のようなかたちをつくらせる。

「洞窟は通らない。グレイ領域を横切っていく！」

レトスがアトランの命令にしたがうようプログラミングしなおしたにもかかわらず、鋼の兵士たちはためらった。

「グレイ領域を突っ切れ！」アトランが語気を強めてくりかえすと、ようやく鋼の兵士はしたがった。スタルセン壁をあとにして、陰鬱《いんうつ》な霧雲のなかに、無数のちいさな鋼の足で小股で進んでいく。

アトランはこの進撃をある種の洗礼と考えていた。いまだに実感できない騎士の資質をあてにするよりも、自身の細胞活性装置の威力をたのみにしている。ジェン・サリクが細胞活性装置を使ってヴァイタル・エネルギーの力に対抗できたのなら、同じように装置が深淵作用から保護してくれるにちがいない。

辺境地区はグレイのヴェールにおおわれているように見えた。そのなかにいる生物は、まるで角度の基準がおかしくなったかのように、なんらかの効果でゆがんでいる。だがそれは視覚的な錯覚だとアトランはすぐに気づいた。遠くからだけそう見えるのだ。

前方に、からだがよじれた者たちの一群を見つけた。未知の種族の代表だと思われる。鋼の兵士はこの未知者をよけようとしたが、アトランは直進するよう命じた。近づくと、よじれた者のなかにヘゲテが数名見える。近づくにつれ、その身体形状のひずみはとりのぞかれていった。

一ヘゲテが前に立ちはだかったが、鋼の兵士たちはそのまま走って突き倒す。そのさい、兵士二体が消滅した。ヘゲテは意識不明で横たわり、ほかの者たちがわきへ運んでいった。かれらはこの奇妙な行列を通しはしたが、威嚇《いかく》しながら追いかけてきた。

このとき突然、〝走る輿〟が分解した。グレイ作用が影響したにちがいない。鋼の兵士たちはばらばらになり、混乱したように違う方向へと進んでいった。動かないままとどまるものもあれば、消えてなくなるものもある。

アトランも倒れたが、すぐに立ちあがった。

そこへ追っ手がやってきた。かれらはアトランをとりかこんだが、用心深く、どことなく気おくれしているようだ。一ヘゲテが輪のなかから出てきて、うかがうようにアトランに近づいた。

「あなたは……」粗暴なしわがれ声でいい、トカゲ顔に奇妙な表情を浮かべる。「やはりあなただ、アトラン。鋼の支配者の友の」

アトランも、その制服姿のヘゲテを思いだし、

「ダムージンか？」と、問うた。辺境地区への走行をつとめたドリル操縦士の二名のうちの一名で、スタルセン壁をともに登った仲間だ。

「ヴィールプレンです」ヘゲテは答えた。トカゲ顔が独特のしかめ面になる。「アトラン、どうやらあなたは相いかわらず進化の低い段階にいるようですね。わたしはもっと高い生命形態に進化しました。ほかのスタルセン住民とは異なり、深淵の地における無

限の生存能力を手にしたのです。深淵作用のおかげで強化されました」

「見てのとおり、わたしもここでは無限の生存能力がある」と、アトランは反論した。

「これのおかげだ」

そういって頸にかけた鎖を引っ張り、コンビネーションの下から細胞活性装置をとりだした。

ヴィールプレンは悲鳴をあげて飛びすさり、まるでまぶしい光でも見たように鉤爪で目をかくした。ほかのヘゲテも同じようにぎょっとして背を向けた。

アトランはひと跳びでヴィールプレンの横に立つと、その頸に腕を巻きつけ、顔の近くに細胞活性装置を持っていく。ヴィールプレンはすすり泣いていたが、しばらくすると泣きやんだ。意識を失うのではないかとアルコン人は恐れていたものの、ヘゲテは立っていられたし、アトランの腕から逃れようとする力さえあった。

「わたしになにをしたのです？」ヴィールプレンはそうたずねると、顔をあげて周囲を見まわした。爬虫類を思わせるその目を大きく見開き、「鋼の支配者にかけて、ここはグレイ領域だ！　われわれ、その影響にやられたのでしょうか？」

「わたしからはなれないかぎり安全だ、ヴィールプレン」そういって、アトランは動きはじめた。ヴィールプレンが細胞活性装置の放射を受けてふたたび正常になったのか、それとも正常なふりをしているだけなのか、さだかではなかったが。

そのうちに、ほかの生物たちもこちらに注意を向けはじめた。奇怪な姿の群れが近づいてきた。近くにきても、アトランには未知の者たちだ。

「見かけないやつだ」一グレイ生物がいった。ほとんど理解不能なアルマダ共通語だ。

「どういう種類の生物だろう？」べつの者がいった。

「臭いな。あの視線を見ると目が痛い」

「ひどい悪臭だ！」

「なんて不快な視線だろう」

「からだがきしむ音がひどくて……耳が聞こえなくなる」

アトランは集団の輪から出た。ヴィールプレンもついてくる。ヘゲテは歩きながら何度もおどおどとこちらを見た。アトランはその視線にある種の狡猾《こうかつ》さを感じたが、思い違いのせいにしておいた。

ふたたび、かれらの前に未知生物の集団が壁のように立ちはだかった。

「さがれ！」ヴィールプレンが叫んだ。見知らぬ者たちは立ちどまる。かれらはヘゲテを無視し、アトランだけに注目していた。かれらからは憎悪の波が出ていた。

「吐き気がする」一グレイ生物がそういうのをアトランは聞いた。

「どうにもへどが出そうだ！　化け物を捕まえろ！」

アトランは細胞活性装置の鎖をつかんで高くあげた。未知者たちは悲鳴をあげて目を背ける。

そのとき、ヴィールプレンがアトランに跳びかかった。コンビネーションに鉤爪を立て、細胞活性装置を頸から引きちぎろうとする。苦痛の叫び声をあげながらもやめようとしない。アトランはやむなく、ねらいすました一撃で相手の戦闘能力を奪うと、ぐったりしたヴィールプレンを肩にかついで先に進んだ。からだに重くのしかかって思うように動けなかったが、置いていこうとはしない。なんとしてもヴィールプレンをグレイ領域から連れだすつもりだった。もしかしたら、もとにもどるかもしれない。深淵作用をまだそれほど長く受けていないのだから。

まるで光に引きよせられる蛾のように集まってくるグレイ生物を、アトランはその後も何度か細胞活性装置で追いはらった。

とうとうやってのけた。アトランはグレイの霧の流れを破って外へ出ると、からだを引きずるようにしてさらに数メートル進み、ヴィールプレンを地面におろす。

すぐに、鋼の兵士をともなって数名のナドルスカーがあらわれた。

「わたしは鋼の支配者の名代《みょうだい》だ」アルコン人はそう説明し、細胞活性装置を見せた。スタルセン壁をかくすように立っている暗い複合建造物を見て、目的地に到着したことを知る。グレイ領域はすでに営舎の正面にまでひろがり、おおいつくしていた。

鋼の兵士が認識の印としてレトスのマスクをかたちづくり、アトランのまわりを探るようにして跳びはねた。

「かれらが案内します、鋼の支配者の名代よ」一ナドルスカーがいった。

「わたしの名前は……」アトランが自己紹介しかけたところへ、うしろから知った声がした。

「アトレンタ！　アトレンタ！」チュルチが大急ぎで駆けよってくる。その背中にはウエレベルが乗っていて、アトランを見ると、例のとおりおかしな発音でこういった。

「アドラン！　アドラン！」と、叫んだ。「こんなことがあるとは」

だが再会のよろこびもつかの間、告げるべき悪い知らせが双方にあった。

「われわれはグレイ領域にかこまれてしまいました」と、チュルチがいった。「この罠から逃れる道はありません。われわれ、敗北したのです」

アトランは営舎を見た。ここへ突入し、グレイの領主ふたりを捕らえるのだと、もうとっくに決意している。伝道者ダゼンヨエクとモスカーのところへの案内をたのむと、チュルチはまだ失神したままのヴィールプレンを背中に乗せた。集合場所までの道すがら、アトランは出来ごとをあれこれ聞かされた。とりわけ、テデフェ・ゾークが洞窟におりていったことを。

「ゾークはきみたちに道をしめしたのだ」アトランは、伝道者たちと対面してそういった。「洞窟へ逃げこむことが、グレイ作用を逃れるための唯一の手段だ。鋼の支配者がそれを証明するだろう」

伝道者たちが話し合っていると、鋼の兵士の昆虫頭にふたたびレトスのマスクがかたちづくられる。

テレパシーの声が響きはじめた。

〈洞窟へ行け！　地下へ逃れるのだ！　洞窟だけが破壊的なグレイ作用からきみたちを守ってくれる。洞窟へ避難せよ！〉

7

洞窟に到着して変化を目のあたりにしたスタルセン市民は、奇蹟のようだと思った。

かつて洞窟の壁は淡い白かグレイで、甲殻のようなかたい層でおおわれ、ありとあらゆる寄生植物が生い茂っていたが、いまはまったく違う衣装をまとっている。もう洞窟の壁は死んでおらず、干からびてもいないことに、だれもがすぐに気づいた。

壁も床も天井も、殻を脱ぎ落としていた。温かく柔らかで、触れてみると、洞窟網に命をあたえているヴァイタル・エネルギーの鼓動が感じられる。おだやかな輝きによって暗闇は消滅し、黄色というよりほとんど金色の光に満ちていた。

ときどき出会う盲目の隠者たちは、落葉した若木のようで、洞窟の壁と一体化しているかに見えた。枝のような手足の先を壁のなかに埋めこみ、命をあたえる力を脈打たせているようだ。

アトランはウェレベルとチュルチを呼びよせた。

「わたしは営舎に行く」と、前置き抜きで話す。

「死の迷宮にですか？」チュルチは驚いて叫んだ。「助修士のところで経験したのと同じ、片道切符の道ですよ。入口はひとつだけで、出口はありません」

「だれに聞いた？」

「だれでも知っています」ダゼンヨエクが説明した。会話を偶然に耳にして、近づいてきたのだ。曲がったくちばしをかたかたいわせたが、笑っているのだと推測できた。

「階級市民の犯罪者を大勢あそこへ送りこみましたからね。改心してもどってくると期待したが、かれらがどうなったのかはわかりません」

「では、入口に案内してくれ」

ナドルスカーは複眼でアトランを観察すると、口を開いた。

「営舎に行きたいなら、わたしがお連れしましょう。受刑者がいったいどんな目にあっているのか、前から知りたかったのです」

「たのむ」と、アトラン。「武器を持参したい。できたらビーム兵器でないものを。営舎内では望む効果が得られない恐れがあるからな。いちばんいいのは機械式の銃だ」

ダゼンヨエクはいったん姿を消したが、石弓に似た無骨な武器をふたつかかえてもどってきた。アトランに使い方を説明する。太さも長さも指ほどの矢軸のはしに爆薬が装塡され、弦ではじくようになっていた。爆薬は瞬時に発火して矢がロケットのように発射される。

「われわれにもこういう武器を調達してもらえるか？」チュルチはそうたずねると、アトランの物問いたげな視線に気づいてつけくわえた。「あなたのお供をすることに決めました」

「多段式迫撃砲を使え」ダゼンヨエクはチュルチにいい、ウェレベルには、「きみは槍投げ機だ」

多段式迫撃砲は長さ三メートルの太い筒で、三段に分かれており、どの部分にも火薬を充塡した鉢形カプセルがそなえられ、引き金で点火するしくみだった。充塡散弾が発射されると、空のカプセルは落下する。

槍投げ機は多段式迫撃砲の小型軽量版だ。

「これらは鋼の支配者の武器か？」と、アトランがたずねた。

ダゼンヨエクはくちばしをかたかたいわせ、

「第一階級市民はなんでも自分でつくります」と、いっただけだった。

四名は出発した。ナドルスカーの案内で、洞窟のさらに深いところへ向かう。そこには長さ十メートル、高さ一メートルの細い隙間があった。扉はなく、なんのために使われていたのかまったくわからない。ひょっとすると、かつて深淵を行き来する者の装備を営舎へ運んでいた輸送用シャフトか、ごみ捨て用の縦坑《たてあな》かもしれなかった。訪問者用入口でないことはたしかだ。

隙間の奥には底なしの暗黒が横たわっている。アトランはふいに、弱い明かりと動くものを見た。仲間に警告しようとしたとき、光る苔《こけ》をまとった、節だらけの生物があらわれた。

「ゾーク！」最初に気づいたチュルチが驚いて叫んだ。

アル・ジェントフのもと隷属民は、びっくりしてこちらを向いた。

「ここへは入らないほうがいい」と、テデフェ・ゾークはいった。「恐ろしい場所……グレイ領域だから。ヴァイタル・エネルギー流から命をあたえられている地下とは違い、この上はすべてがグレイだ」

ゾークは、ヴァイタル・エネルギーの源を探して営舎に入りこんだことや、そこでやうく深淵作用の犠牲になって死ぬところだったことを話して聞かせる。だが、どうあってもアトランを引きとめられないと悟ると、自分も仲間にくわわった。

＊

かれらが通ってきた暗黒ゾーンは、曲がりくねったトンネル網でできており、正真正銘の迷宮だった。ゾークが道を照らしつつ、目立つ場所に光る苔のボールを置いていく。

しばらくはだれもグレイ作用を感じなかった。グレイ作用に対して独特の感覚を持つらしいゾークも、ヴァイタル・エネルギーの力がどんどん遠ざかり、まったく感じられなくなったことを嘆くだけだ。

「もうすぐグレイのゾーンです」ゾークは警告した。「わたしもこの先に進んだことはありません」

手探りで進んできたトンネルは、突然ここで終わっていた。その向こうはなにもかもがグレイだ。霧のヴェールの向こうに、見慣れぬマシン群が置かれたホールがある。

アトランは手をあげて仲間たちを制止すると、ひとりで進みでた。なにも起こらない。周囲にはグレイの霧が立ちこめている。まるで、深淵に吸いこまれて浮かばれない魂のようだ。

〈神秘的な比較にふけるのはやめて、ものごとを分析的に観察しろ〉と、付帯脳が告げた。〈この霧は、目の適応能力が不充分なために生じる視覚的な錯覚にすぎない。おまえがグレイになれば、もう霧は見えなくなる〉

かれの付帯脳はときどき奇妙なユーモアを発揮する。

「ついてこい」アトランは仲間たちに告げた。「だが、用心しろ」

最初がダゼンヨエク、次にチュルチ、そしてゾークとウェレベルがつづいた。ゾークのからだをおおう苔はもう光らない。かれはうめき声をあげ、地下茎のようなからだを曲げて前進した。

チュルチが大きくジャンプする。それからもう一度、まるで見えない敵がいるかのように跳びかかった。

「息を吸いこめ、深淵！　息を吸いこめ！」ダゼンヨエクはそう叫ぶと、脚を曲げて前方へ突進し、石弓の弾倉が空になるまで次から次へと矢を発射しつづける。

矢は火を吐きながら軌道を描き、落下点で派手な音をたてて花火を打ちあげた。轟音《ごうおん》が響き、いずれかのマシンが破壊される。

なにがきっかけで仲間たちが暴走したのか、アトランにはわからなかった。なんの影響も感じないし、脅威も見つからないのだが。ウェレベルのほうを振り返ると、もういなかった。

左側で爆音がした。チュルチが迫撃砲の太い筒を高くかかげ、最初の鉢形カプセルを天井に向けて打ちこんだのだ。ついで爆発が起こり、天井に穴があく。発射口の光が消え、穴の上方に濃い霧の流れが見えた。

「みないっせいに理性を失ったのか？」アトランが叫んだ。「なにと戦っている？」

「敵は目に見えない」ダゼンヨエクがどこか前のほうでくちばしをかたかたいわせた。

「装塡しないと……数千の腕がわたしの脳をつかもうとして……」

これはグレイ作用にちがいない。アトランは押し分けるようにして前へ出た。ゾークは妙なかたちの構造物のあいだに姿を消してしまい、もう見えない。アトランはダゼンヨエクに追いつくと、腕をつかんで引きもどす。だが、トンネルのほうへ退却させようとするあいだに、ナドルスカーは石弓の装塡を終えて見境いなく発射した。アトランはかれを押しやると、チュルチのほうへ急いだ。多段式迫撃砲からふたつめのカプセルを、こんどは標的に向けて発射している。気がつくと、一台のロボットマシンが数百の部品をはげしく動かしながらチュルチに向かっていた。砲弾が命中したが、マシンはとまらない。アトランは石弓の弾倉にあった十本の矢をぜんぶロボットに打ちこんだ。最後の矢でようやく怪物は停止し、連鎖爆発によって完全に破壊された。

アトランはチュルチをマシンホールの出口へ追いやった。そこにダゼンヨエクもうつろな複眼でうずくまっている。

「ふたりはここへのこれ。わたしはゾークとウェレベルを探す」

アトランはそういうと、それ以上の説明を省略して向きを変えた。ゾークがまっすぐホールに向かって突進したのは見たが、ウェレベルの行き先はわからない。そこで、とにかくホールに入ってみることにした。ロボットの残骸を踏みこえて進みながら、不意の攻撃を避けるために構造物と適度な距離をたもった。

ホールの向こうはしにたどり着くと、開口部があった。その先には小部屋があり、斜路がいくつもななめ上へつづいている。床の傷痕で、さっきのロボットがどの道を通ったかわかった。アトランは床のシュプールをたどっていき、まもなく十字路にたどり着く。そこで上を見ると、垂直方向のシャフトがあった。その意味がはっきりわかった瞬間、見えない力がかれをつかんで上へ連れていった。反重力リフトだ！

アトランはなすすべもなく重力フィールドに捕らえられた。いずれ解放されて横の開口部からほうりだされるだろう。これでようやくはっきりした。この営舎を占領しているグレイの領主は、とっくに侵入者に気づき、その対策をしているということ。上のどこかで最長老と助修士長が自分を待ち伏せしていて、虜囚にするつもりなのだ！

アトランは上昇するあいだに石弓を装塡していた。横の開口部を通って外に出され、金属アームにつかまれそうになったとたん、即座に発射。アームは破壊され、どこかかかすかに音がした。逆方向に倒れ、クモの巣状の網を間一髪でかわす。網は開口部をふさぐようにひろがった。これで帰り道が封鎖されてしまった。

次の攻撃を待ちかまえたが、なにも起こらない。それでもアトランはこの静寂に用心をおこたることなく、細い通廊を匍匐《ほふく》前進していった。すこし頭をもたげると、すぐにかすかな音がして次の網が飛んできて、シャフト開口部にかぶさった。

ついに通廊のはしに到達する。アトランは最後まで注意深く前進し、あたりを見まわした。そこで仲間を発見。まずウェレベルが、網でできた繭《まゆ》のようなものにくるまれてちょうど上へ引きあげられるところだ。次にゾークが、同じような繭にくるまれて空中にぶらさがっていた。ほかにも数百、数千の繭が揺れている。はてしなく連なっているように見えた。

冷たい怒りがアルコン人を襲った。これらはすべて、かつてダゼンヨエクが営舎の迷宮に送りこんだ犠牲者たちだとわかったのだ。かれらが二度ともどってこなかったのは、グレイの領主ふたりに捕らえられ、この繭のなかに保存されたから。

アトランは石弓を前方の光源に向けた。スポットライトのように上から照らしている。かれが武器を持ちあげたとたん、すぐに繭のひとつが向かってきた。矢を射ると、繭の飛び散る音と爆発音がまじって聞こえた。かれは飛ばす繭がなくなって安全が確認されるまで、発射しつくした。

用心するのも忘れてウェレベルのもとへ駆けつけ、かれをつつみこんでいる繭に両手で触れた。電撃のような痛みがはしったが、手を引っこめることなく力を強める。痛みはおさまったが、そのかわりに自分のからだからエネルギーがいくらか吸いとられるのを感じた。かれの目の前で繭はかすかに輝きはじめると同時に、ほどけだす。

〈深淵力に勝ったぞ!〉付帯脳が告げた。〈おまえは細胞活性装置保持者で……深淵の騎士なのだ〉

ウェレベルはこちらへ落ちてくると、動かないまま床に横たわった。アトランはいくらか回復すると、ゾークも同様にして助けた。

＊

ウェレベルとゾークを覚醒させることはできなかった。なにをしても意識を失ったままだ。二名を壁にもたせかけてすわらせる。ここならいくらか安全だといいのだが。両者の身にこれ以上ひどいことは起こってほしくない。

もし生きのびたとして、二名は完全にグレイ生物になってしまうのだろうか？　ここに捕まっているほかの多くの犠牲者たちはどうなるのだろう？　全員を繭から出してやることはできない。

だが、かれらの復讐はしてやれる！

〈おちつけ！〉論理セクターがいさめた。〈感情に流されるな。そうなればグレイの領主の思うつぼだ。かれらはおまえが深淵作用を受けないことを知っていて、策を弄《ろう》してくるかもしれない〉

それならこちらも奇策で対抗するまでだ！　と、アトランは考えた。

犠牲者の列を意識しないようにして進む。見てはいけないし、おぞましい運命について考えてもいけない。グレイの領主が勝利したら、かれらの命も終わるのだ。

「やあ……」

ささやき声がした。アトランはその響きに身をすくませ、石弓をかまえたが、だれの姿も見えない。だが、目の前を見ると〝生命を感じられる場所〟は終わっていて……天井の高さまでひろがる巨大な漏斗《ろうと》が姿をあらわした。

「やあ、高地人。気分はいかがかな？」ささやき声がふたたび聞こえた。

〈グレイの領主の声だ！〉付帯脳が断言した。〈用心しろ。油断は禁物《きんもつ》〉

「ようやく会えたな。おおいに敬意を表する」声は漏斗から聞こえてくるようだ。

アトランは石弓に最後の矢六本を装塡し、人の身長ほどの漏斗開口部をねらって発射した。爆発がおさまると、開口部があった場所には大きな穴があき、漏斗の半分は残骸と化していた。

「よせ、高地人よ」穴の奥の暗闇から声が聞こえた。「きみは蛮人ではなく、深淵の騎士だろう。きみの目の前にあるのが正真正銘の深淵だ。われわれはここにいる。こちらへきて、深淵の真の姿をその目でたしかめよ」

「深淵の姿なら、すでに見た」と、アトランは答えた。

「ちっ、ちっ」ふたつの声が同時に重なる。「きみが見たのは一方だけ、しかも変質した側からしか見ていない。もう片方を見てからでないと、客観的な判断はできない。真の生命体になるのだ、われわれのように。こちらへこい！」

ふたつの声が重なった誘いの呼び声は、強い暗示効果を持っていた。

〈だまされるな！〉付帯脳が警告した。

「よろこんできみたちの釈明を聞こう」アトランはそういって、無用になった石弓を投げ捨てた。「話し合いに応じる用意はできている。武器は持たない」

アトランは上に向かっててのひらを見せ、決然と黒い穴に入っていった。

「いや、まだだめだ」小声の拒絶が聞こえた。なにも知らない者を軽く叱責するかのように。「そのやり方ではグレイの騎士と愉快に対面できない。まずは障害となるよけいな荷物をすべておろすのだ」

アトランはグレイの領主がなにをいいたいのかすぐに理解し、危険な賭けに出るべきかどうか、いっしんに考えた。

「わたしは自由に決断する。だれにもじゃまはさせない」アトランは答えた。「グレイ生物と知り合う準備はできている。だが、自分自身がグレイ生物になるつもりはない」

「きみは自由ではない」と、ささやきが聞こえた。

「にせの生命体に強制されているのだ」べつの声がささやく。

「不自由の象徴を身につけて……」

「生命エネルギー装置に支配されている……」

「……生命の番人から解放されよ！」訴えかけるようにふたつの声がいっしょにささやいた。

「それはわたしの死を意味する！」アトランはわざと驚愕してみせた。

「いや、復活を意味するのだ！」

アトランはとっくに決心していた。この危険を冒さずにグレイの領主のところへは行けないと悟ったのだ。ここはかれらの領分なのだから。

〈細胞活性装置をはずすな！〉付帯脳が忠告した。

〈わたしはこれなしで六十二時間は持ちこたえられるのだ〉と、アトランは思考で答えた。〈それに、騎士の資質もある〉

「早くしろ！」心を惑わすささやきがせきたてた。「これを体験しなければ、きみは生きたことにならない」

アトランの両手が細胞活性装置のついた鎖を頸もとから引きだして頭上にあげた。

「はずせ」誘惑者が耳打ちした。「命を牢獄に閉じこめる装置を捨てるのだ」

アトランは活性装置をその場に落とし、漏斗開口部を通って暗闇へと入っていった。なにかがそばにいると感じたが、それが有形の物体なのか、それとも増大した深淵作用なのかは判断できない。あるいはその両方なのか。

「それでいい。では……」

アトランは嵐に巻きこまれた。かれの精神のなかでなにかが一掃されると同時に、からだが引っ張られる。押しよせてくる力と格闘し、からだを緊張させ、精神を集中して戦った。

グレイの領主は正しかった。かれには体験が必要だったのだ。だがそれは、これでグレイ生物の側に寝返るだろうという相手の思惑とは違う。深淵作用を徹底的に知り、よりしっかりそなえるために必要ということ。

アトランにはこの体験への準備ができていた。

だが、それはあざむかれることになる。

かれを消耗させている力が退却したのだ。あわてふためいて逃げていくグレイ生物の動きを、アトランは感じた。

8

幕間劇

ようやくここまできた。

ふたつの巨大貯蔵庫は、物質化されたすべてのヴァイタル・エネルギーをもとどおりに変換しなおし、自分のなかにとりこんだ。

ジェン・サリクは、貯蔵庫の負荷限界まで近づいていく信じられないほどの力を、細胞活性装置の内部に感じる。

「いまだ！」かれは合図を送った。

ふたつの貯蔵庫が放出を開始。凝集したヴァイタル・エネルギー流とともに、サリクの意識は洞窟網を通って押し流されていく。

二本のヴァイタル・エネルギー脈が合流して一本になり、洞窟網のなかを転送ゲートに向かって爆走した。

ジェン・サリクはあらかじめグレイの領主による封鎖を詳細に探り、弱点を見つけだしていた。いまある量のヴァイタル・エネルギーで突破できるのはこの一カ所だけ、実行できるのもこの一回だけだ。いったんプロセスが動きだしたら、もうとめることはできない。

すべてが急速に進んだため、グレイの領主は自分たちになにが起こるのか気づくのが遅れ、当然なんの対抗手段も打てなかった。スタルセン包囲軍はヴァジェンダからのヴァイタル・エネルギー衝撃を予測し、その方向の封鎖を強化していた。ところがいま、攻撃はまったく逆の、とうに瀕死状態と思われていた方向からやってきたのだ。

それが、なんの防備もない包囲軍に命中する。

ヴァイタル・エネルギーの視点で封鎖を突破することは、ジェン・サリクにとって信じがたい経験だった。それは反生物の破壊的硬直に対する純粋な生命力の勝利であり、停滞に対する活力の勝利だった。

封鎖が突破されるとすぐに、ヴァジェンダが活動を開始。ヴァイタル・エネルギーが突破口を通っていっきに流れこむ。これにくらべたらスタルセンの貯蔵量など、大洪水に対する小川くらいのものだ。

すべてが実行された。いまやスタルセンの洞窟網はヴァイタル・エネルギーであふれ、グレイ生物がこの都市を支配するチャンスは皆無になる。

ヴァイタル・エネルギー衝撃とともに、ヴァジェンダのメンタル・メッセージが送られてきた。その最初の部分には、もうこれ以上エネルギーをスタルセンに送ることはできないということが読みとれたが、それはもはや必要ない。

しかし、メッセージの次の部分は憂慮すべきことを告げていた。ヴァジェンダが危機的状況にあり、希望が失われつつあるという。要するに、こういうことだ。〝ヴァジェンダは深淵の三騎士の助けを必要としている！〟

ジェン・サリクはショックを受けた。スタルセンを救えたのは部分的成功にすぎない。もっと困難な任務が深淵の地のどこかで自分たちを待っているのだ。

だが、まだスタルセンでやっておくことがある。サリクはヴァイタル・エネルギーとともに洞窟網のなかを通り、営舎の下を流れてそのなかを満たし、グレイ作用をとりのぞいた。まず第一にグレイの領主を捕らえ、堕落した時空エンジニアについてくわしく聞きだすことが目的だった。

ところが、突破のさいにグレイ作用に屈しかけているアトランを発見。アルコン人は自分を守るための細胞活性装置を装着しておらず、生命とは対極にある力の攻撃にさらされている。

ジェン・サリクは考える間もなく、アトランをヴァイタル・エネルギーからなる保護球体でつつみこんだ。ところがアルコン人は礼をいうどころか、かれを責めた。

「一度かぎりの体験だったのに、きみのせいでだいなしだぞ」

サリクはすぐいなくなったので、アトランはかれが近くにいたことをほとんど感じなかった。

「わたしのいったことで気を悪くしたりはしないだろう」アルコン人はそういいながら、ずたずたになった漏斗穴を通って生命のある場所にもどってきた。石弓は、まだ投げ捨てた場所にそのまま置かれている。ダゼンヨエクに返すつもりでアトランはそれをとりあげ、それからようやく細胞活性装置を身につけた。

＊

　ホールの天井に、もう繭はひとつもない。そのなかに囚《とら》われていた生物たちは床に横たわっていた。なかには目ざめている者もいて、混乱したようすでまわりを見まわしている。なにが起こったかさっぱりわからないようだ。だが、多くの犠牲者はあわれにも、二度と目ざめなかった。

　アトランはテデフェ・ゾークとウェレベルを置いてきた場所へ急いだが、二名とも見あたらない。きた道をもどり、反重力シャフトで下降し、マシンホールを横断する。ロボットはまったく姿をあらわさない。

　トンネル網のなかでようやく仲間たちと会えた。ゾークとウェレベルはチュルチやダゼンヨエクといっしょだ。ぶじかと問うと、ウェレベルが答えた。

「まったく大丈夫です。じつをいうと、ずっと気分はよかったんです。グレイ作用を受けている感覚はまったくありませんでした。なんとなく自分が変わった気はしますが」

「どんなふうに？」

「発音の間違いがなくなったんですよ」と、横からチュルチが答えた。

アルコン人はほっとして笑った。グレイ作用がチュルチに害をあたえた痕跡はまったくなさそうだ。ゾークも同様である。どちらもグレイ作用にそう長くはさらされなかったから。

一行はゾークが光る苔で印をつけておいたトンネルを進み、洞窟に到着した。なにが待ち受けているか、アトランはうすうす感じていたが、それでもあらわれた光景に心を揺さぶられた。洞窟の壁が柔らかい金色の光をはなっている。まだヴァイタル・エネルギーが浸透しきっていない個所には、ところどころ樹皮のような暗い色の汚れが重なっていたが、それもしだいに消失しつつあった。

「これで地表に帰ることができる」アトランは待っている者たちに向けてそういった。かれらが躊躇《ちゅうちょ》すると、上へ向かう道にまったく危険はないという自分の経験をしめすために前へ進みでた。

なにげなく振り向くと、テデフェ・ゾークがこっそり側廊を通って洞窟へもどろうとしているのが見えた。ゾークは自分の種族の原故郷を見つけたのかもしれない。アトランは引きとめなかった。

地表に出ると、グレイ生物のすべての痕跡が消えているのを確認して満足した。命をおびやかす勢力は、スタルセンからあわてて逃げていったのだ。アトランはスタルセンじゅうが同じようになっていると信じて疑わなかった。

「スタルセンではもう、グレイ作用にまったくチャンスはない」

アルコン人はそういい、ある生物の一団に近づいた。明らかにスタルセン生まれではない。まるで病気で体力を失ったかのように、無気力で弱く見えた。

「なにが起こったかわかるか？」と、たずねた。

だれもすぐには答えない。角を持つ四本脚生物が一名、濁った赤色の目でかれを見た。たいらな三角形の頭をしている。

「わたしは意識を失っていなかったのですが、なにが起こったかわかりません」と、かれはいった。「とてもみじめな気分だ。死ぬんでしょうか」

「わたしは死にたくない」べつの者がいった。「建物が密集したこの殺風景《さっぷうけい》な場所から出たいけれども出られないんです。いったいなにが起こったんでしょうか？」

「考え方をあらため、この状況を受け入れるのだ」と、アトランはいった。「そうすれば、もう一度スタルセンのよき市民となれるだろう」

「わたしはいつも、ここは死者の町だと思っていました」と、さらにべつの生物がいった。「けれども、違うのではないかという気がしてきました。もしかしたら、ここで生きていけるかもしれません」

アトランは背を向ける。もう充分に耳をかたむけた。スタルセン郊外のグレイ領域からきた生物が通常の生存条件に適合できることは、すべてが物語っている。グレイ生物が真の生命体になるのだ！　これは偶然の定めなのか、または、一般にあてはまる原則なのか？

考えこんでいたアトランは、騒がしい声にわれに返った。だれもが好き勝手に叫びながら、都市中心部をさしめしている。

都市搬送システムの輸送球が姿をあらわし、急速に近づいたかと思うと、興奮したスタルセン市民の群衆のただなかに着陸した。階級制度が消滅したというのに、そのようなことがなぜ可能なのだろう。

だが、謎解きはかんたんだった。すくなくともアトランには。

輸送球から降り立ったのはジェン・サリクだ。ヴァイタル・エネルギー貯蔵庫がこの輸送手段を、かれに一時的に提供したのだと説明して、

「とはいえ、わたしはあと一回だけ都市搬送システムを利用する」と、サリク。「いっしょにきますか、アトラン？　鋼の支配者が待っています」

「スタルセンでのわれわれの使命は終わったのですね？」チュルチが口を出した。「わ

たしの使命は。そしてまた次の冒険がはじまる。どっちみち、この都市にわたしを引きとめるものはありません。待っておくれ、愛しいヴァジェンダ……」

アトランとサリクは視線をかわし、チュルチとウェレベルをわきへ連れだした。サリクはウェレベルと話すという、かんたんなほうの任務を実行する。スタルセンを故郷とするメイカテンダーは、家族や同族と長いあいだ別れていることには耐えられないだろう。

チュルチには、かれが考えていたこととはすこし違う話が告げられた。

「スタルセンは再建されなくてはならない」アトランがそういった。「そのためには適切な人材が必要なのだ。鋼の支配者は信頼できる伝道者をもとめている。きみは……」

「もういいです」と、チュルチは応じる。「それ以上いわないでください。あなたがなにをいおうと自由ですが、何十億といるスタルセン市民にとってわたしが不可欠だなんていう話は信じません。思っていることをはっきりいってください」

チュルチの悲しげな目を見て、アトランは喉もとが締めつけられた。

あれこれ考えるうちに、チュルチをオービターとして連れていくことさえ考えたが、その考えをしりぞける。

〈だれがレトス＝テラクドシャンのかわりをつとめるか、考えたことはあるか？〉この付帯脳の質問が、アトランの問題に答えをあたえたのだ。

「自分が鋼の支配者になることを想像できるかね、チュルチ？」アトランは訊いた。

「それができるなら、ついてこい。もちろん、いつでも断っていい」

かれらは四名そろって輸送球に乗りこんだ。

エピローグ

かれらはいつかふたたびスタルセンにもどってくると約束して、チュルチとウェレベルに別れを告げた。それから、二名を研修室のヒュプノ学習装置にゆだねる。

「かれらがこの任務をまっとうできると思いますか？」と、ジェン・サリクが訊いた。

「まったく心配していない」答えたのはレトス＝テラクドシャンだ。「ヒュプノ学習装置で、都市とその管理について必要なすべてのことを幅ひろく学べるから。そのほか、ふたりが鋼の兵士を制御して鋼の支配者の疑似存在を維持できるよう、この施設をプログラミングしておいた。わたしの統治時代と同じように進むだろうが、階級制度もないしグレイの領主もいないから、もっとうまくいく。すくなくともウェレベルとチュルチが訓練を終えて施設を制御できるようになるまでのあいだはスムーズに運ぶだろう。そのあとは、かれらが自身で統治すればいい。もちろんいつかは鋼の支配者も時代遅れになるだろうが、それまでにはスタルセン市民が自立しているはず」

「強い意識集合体をそなえたふたつのヴァイタル・エネルギー貯蔵庫も忘れてはいけませんね」ジェン・サリクは思いだした。「ほかにもいくつか貯蔵能力をそなえているヴァイタル・エネルギー貯蔵庫が見つかったので、ヴァイタル・エネルギーの完全な循環が保証されます」

レトス＝テラクドシャンはかれらを小部屋に招き入れた。

「ふたりに贈り物を用意した」と、いい、二着のコンビネーションが置かれた棚を指さす。どちらもつや消しの素材でできており、色は明るいブルーグレイだ。「これはわたしがケスドシャン・ドームを旅立つ前に地下の丸天井空間で記憶し、この地でフォーム・エネルギーからつくった特別な衣服だ。着てみてくれ」

アトランとジェン・サリクはいわれたとおりにした。コンビネーションはからだにぴったりで、着心地もいい。腰まわり、手首、足首にまるく厚みが持たせてある。

「この浮輪みたいなものはなんだ？」アトランが冗談めかして訊いた。

「その部分にはちょっとしたプレゼントが入っている。サヴァイヴァルに必要不可欠なものだ」と、レトス＝テラクドシャン。「ティランの特性については、おいおいわかるだろう」

「ティラン？」サリクがくりかえす。「どうやらセラン防護服から派生した名前ですね」

「そのとおり」レトス＝テラクドシャンは首肯《しゅこう》した。「深淵でのセランということ。セランとてもよく似ていて、深淵の環境に最適だ。ティランがあれば栄養補給ができ、防護にもなる。これで充分なはず。さ、出発の時間がきた。ヴァジェンダが待っているぞ」

アトランは思わずチュルチが歌うヴァジェンダの歌を思いだした。略奪者チュルチがヴァジェンダと知り合うことはけっしてないだろうが、もしかしたらそのほうがいいかもしれない。かれが持っているイメージとはきっと違うだろうから。

「目的地に到達する方法はただひとつ」と、レトス＝テラクドシャンはいった。「転送ゲートだ」

「確実に制御できるのですか？」ジェン・サリクがたずねた。

「そのなかで物質化して以来、ずっとわたしが占領してきた」レトス＝テラクドシャンは答えた。「はなれたのは二度だけだ。最初はアトランの騎士任命式に集中しているあいだのことで、その機を利用して包囲軍がグレイ生物をスタルセンに送ってきた。二度めはグレイの領主が逃げたときだ。わたしはそのさい、退却時に自動的に作動するスイッチをなにか見落としたようなのだが」

「しかし、いまは制御できるのだろうな？」アトランは疑わしげだ。「ヴァジェンダのところへ到着できるよう、転送先を調整できるのか？」

「ヴァジェンダからヴァイタル流とともに調整インパルスがきた」と、レトス＝テラクドジャンは説明した。「それを入力はしたが、若干のリスクはのこる。本当はもっと安全な輸送手段を選びたいのだが、ほかに選択肢がない。時間も迫っている」

「まだむずかしい課題ものこっていることだし」と、ジェン・サリクがつけくわえた。

かれらの使命において、スタルセンはほんの一段階にすぎない。ヴァジェンダも同じだ。最終目的地は、深淵の地をつくった時空エンジニアの居所がある創造の山なのだから。

スタルセンがグレイ領域にならないよう守りきったことは、最初のめざましい成功だった。だがそれは、トリイクル9を本来あるべき場所にもどす準備を時空エンジニアにさせるという、もとの任務とは違う。

よりによってトリイクル9とは！

その大きさは月や惑星のような天体の比ではない。トリイクル9は星系の規模どころではないのだ。トリイクル9を一星系とくらべるなど、できるはずはない！

それは実際、はかりしれぬほど大きな銀河に匹敵する巨大プシオン・フィールドだ。

なぜなら、モラルコードの二重らせんの一部だから。

深淵がこの想像を超える構造物の復帰に向けて準備することこそ、かれら本来の使命なのである。

「では、ヴァジェンダへ出発だ」アトランはいい、チュルチのことを思って、心のなかでつけたした。行くぞ……レトス、ジェン、アトレンタ！

あとがきにかえて

井口富美子

わたしが初めてペリー・ローダン・シリーズを訳したと聞いて、予想外に多くの友人・知人が連絡をくれた。若い頃読んでいたという人が何人もいて、なんだ、知らなかったのはわたしだけ？と思ったほど。シリーズの長い歴史と人気を思い知った。意外だったのはその中に女性が数人いたこと。高校生の時SFにはまって読んでいた人や、日本語版だけでなく旅先で買ったドイツ語版を読んでいた人、ご主人が子どもの頃読んでいて、偶然にも最近電子書籍でまとめ買いして最初から読み始めたという人もいた。

それから、ドイツのSFだとは知らなかったという方も多かった。確かに、主人公はアメリカ人だし、読んでいてもドイツを思わせるエピソードはない。ただ今回の担当話では騎士が登場し、スタルセンが壁で囲まれているということから、わたしは翻訳中にヨーロッパ中世の都市を思い出していた。もちろん、スタルセンの広さは地球でいえばオーストラリアほどというのだから、桁違いのスケールだけれども。

ドイツの古い都市では必ずといっていいほど城壁の一部が今も残されている。たいていは市街の中心にあり、元の街はこんなに小さかったのかと驚かされる。市壁も含め昔のままの町並みが残されている都市は少ないが、その中でも有名なのがローテンブルクだ。第二次世界大戦で連合軍に爆撃されながら、修復により壁も建物群もほぼ完全に保存されている。ワインの産地として有名なバイエルン州のフランケン地方に位置し、日本でもロマンチック街道沿いの街として知られている。

ローテンブルクの市壁は高さ四メートルぐらいだろうか。壁のまんなかよりちょっと上ぐらいのところに通路があって、そのまま歩いて街をぐるっと回れるようになっている。所々に銃眼があり、壁沿いに植えられた木々の緑が目に飛び込んでくる。壁面には修復のために寄付した人の名が多数刻まれている。日本人や日本企業の名前も多く、往年の人気が偲ばれる。

街のまんなかに市庁舎と広場、聖ヤコブ教会があり、そこから外へ向かって細い道が門や塔まで続き、見事な木組みの家々が隙間なく並んでいる。グリム童話の舞台もきっとこんなだったろう。どこを切り取っても絵になる街だ。

ローテンブルクはその正式な名を「ローテンブルク・オプ・デア・タウバー」といい、

タウバー川を望む丘の上にある。街の見晴台からは、川を挟んで広がるのどかな田園風景が楽しめる。本篇で「スタルセンの辺境地区」が出てくるたびに、わたしの頭の中には消しても消してもこの風景が浮かんできた。

中世の町並みも、その外に広がる田園風景も、時が止まったよう。十九世紀末にはすでに外国(特にイギリスやフランス)から観光客が来ていたという。けれどもナチスが台頭すると、ローテンブルクは「ドイツ人の故郷」、「最もドイツらしい街」、「ドイツの理想」とされ、国家主義の強化に利用された。のどかな中世の街には、そんな歴史も隠されている。

せっかくなので、観光スポットをひとつだけご紹介したい。おすすめは街全体、といいたいところだけれど、絶対に見逃せないのは聖ヤコブ教会。ここには十字軍遠征でもたらされた聖遺物、聖血(キリストの血)を収めた祭壇がある。中世の彫刻家ティルマン・リーメンシュナイダー作『聖血の祭壇』だ。繊細な彫りが施された祭壇はいくら見ても見飽きることがない。わたしはリーメンシュナイダーに詳しいわけではないが、いくつか見た中では一番洗練されていて、しかも段違いに美しいと思う。

わたしがこんなふうにローテンブルクに詳しいのは、一九九〇年に半年間、ローテンブルクと同じフランケン地方の小都市でホームステイを経験したからだ。お世話になったのは引退した数学の先生のお宅。お子さん三人は大学生で巣立ったあと、わたしは四番目の子どものように大事にされた。七時に朝食、八時から、文化交流のため派遣された近所の小学校で授業、十二時半には帰宅して昼食、午後からは翌日の授業の準備、夕食は六時、そのあと七時(間に合わなければ八時)のニュースをみんなで見てから居間でおしゃべり、という一般家庭の普通の生活を体験させていただいた。

田舎町の「三人家族」。それはそれは平和な生活だったが、お二人とも若い頃はとてもひと言ではいいつくせないたいへんな経験をされていた。

まずお父さん。仮にトーマスとしておこう。一九二三年生まれ。農家の長男で勉強ができたので上の学校へ行くはずが、戦争で兵隊に取られてしまった。戦場で腹を撃たれ、イタリアの病院で長期の療養、回復したと思ったら再度戦地に送られ、ポーランドで終戦。捕虜となって二年間炭鉱で強制労働。帰国して数年遅れの大学入学。三十歳を過ぎてようやく教師になれた。農地は人に貸し、病身の父母と独身の妹(結婚相手となる年齢の男性が戦死した世代)、妻と三人の子を養った。

それからお母さん。仮にクリスタとしておこう。一九三三年日本生まれ。父親が旧制中学でドイツ語の教師をしていて、兄弟姉妹五人はみな日本で生まれた。当時目黒にあったドイツ学校に通っていたという。迷子になった時のために暗記させられた自宅の住所や、近所の子どもたちと遊んで覚えたというカタコトの日本語は、発音といいイントネーションといい、戦前の日本の子どもたちを彷彿とさせてほほえましかった。

一九四三年、兄二人を母国のギムナジウムに入学させるため、父親が一緒にシベリア鉄道で一時帰国。ところが戦争が激しくなって戻れなくなり、母子四人は日本に取り残されてしまった。異国で収入もなく女ばかり。母親の苦労は想像に難くないが、あまりにつらい体験だったのだろう。戦後もずっと、当時のことを母親から聞いたことはないという。四五年、おそらくドイツ敗戦を機にドイツ人は全員軽井沢に収容された。戦後も混乱が続き、数ヶ月後にようやくアメリカの軍艦で帰国がかなった。持ち帰れるのは真珠のネックレスなら一人一本、などと決められたが、一家は長い筍《たけのこ》生活で着の身着のまま。持ち帰る荷物などなにひとつなかった。帰国しても一件落着とはいかない。父親と再会するまで一年近くかかり、兄二人も兵隊に取られてやはりポーランドで捕虜になっていた。家族全員がそろったのはその何年もあとだった。

一九九〇年十月三日。ドイツ統一の日をわたしはトーマスとクリスタと三人で迎えた。田舎町ゆえ、なにか特別な行事があったわけではない。夜七時のニュースを見ながら、統一後のドイツがどうなるのか、わたしはすでに不安を覚えていた。トーマスとクリスタは、「戦争を生き抜いて、しかも家族全員無事だった。伴侶も得て、子どもたちも独立し、ここまで健康で来られた。それをしみじみ感謝している」と言い合っていた。ホームステイの半年間でかれらの来し方をほんのわずかだが垣間見ていたわたしは、「ドイツはこれからも、どんな問題が起こっても大丈夫だ」と思い直し、心から再統一を祝った。

宇宙への序曲
〈新訳版〉

Prelude to Space

アーサー・C・クラーク
中村 融訳

人類は大いなる一歩を踏み出そうとしていた。遙かなる大地オーストラリアの基地から、宇宙船〈プロメテウス〉号が月に向けて発射されるのだ。この巨大プロジェクトには世界中から最先端の科学者が参画し英知が結集された！　アポロ計画に先行して月面着陸ミッションを描いた、巨匠の記念すべき第一長篇・新訳版

歌おう、感電するほどの喜びを！〈新版〉

I Sing the Body Electric!

レイ・ブラッドベリ

伊藤典夫・他訳

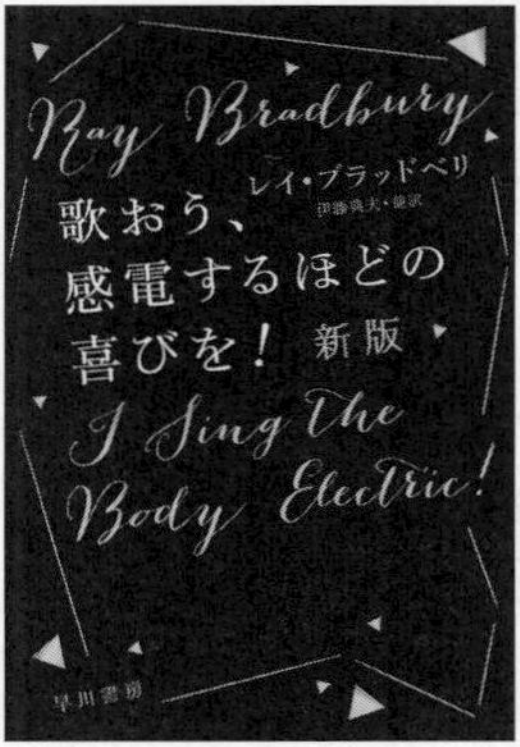

母さんが死に、悲しみにくれるわが家に「電子おばあさん」がやってきた。ぼくたちとおばあさんが過ごした日々を描く表題作、ヘミングウェイにオマージュを捧げた「キリマンジャロ・マシーン」など全18篇を収録。『キリマンジャロ・マシーン』『歌おう、感電するほどの喜びを！』合本版。解説／川本三郎・萩尾望都

ハヤカワ文庫

訳者略歴　立教大学文学部日本文学科卒，翻訳家　訳書『中央プラズマあやうし』ヴィンター＆ヴルチェク（共訳，早川書房刊）他

HM=Hayakawa Mystery
SF=Science Fiction
JA=Japanese Author
NV=Novel
NF=Nonfiction
FT=Fantasy

宇宙英雄ローダン・シリーズ〈608〉

深淵《しんえん》の騎士《きし》たち

〈SF2264〉

二〇二〇年一月　十　日　印刷
二〇二〇年一月十五日　発行

（定価はカバーに表示してあります）

著　者　エルンスト・ヴルチェク
訳　者　井《い》口《ぐち》富《ふ》美《み》子《こ》
発行者　早川　浩
発行所　株式会社　早川書房
郵便番号　一〇一 - 〇〇四六
東京都千代田区神田多町二ノ二
電話　〇三 - 三二五二 - 三一一一
振替　〇〇一六〇 - 三 - 四七七九九
https://www.hayakawa-online.co.jp

乱丁・落丁本は小社制作部宛お送り下さい。
送料小社負担にてお取りかえいたします。

印刷・信毎書籍印刷株式会社　製本・株式会社川島製本所
Printed and bound in Japan
ISBN978-4-15-012264-5 C0197